KB155462

# 하마터면 열심히 살 뻔했다

나만의 속도로 살아갈 결심

# 하마터면 열심히 살 뻔했다

하완 지음

ORIGINALS

차
례

## 2. '더' 말고 '덜' 하며 살아보기

## 3. 남들과 발맞추지 않을 용기

## 4. 속도를 줄이면 다르게 보인다

《하마터면 열심히 살 뻔했다》가 세상에 나오고 벌써 6년이 지났다. 그리고 이렇게 재단장하여 개정판을 내게 됐다. 그동안 받은 사랑에 대해 감사를 전할 방법이 없었는데 자리가 마련된 김에 인사를 하고 시작하는 게 좋을 것 같다. 고마워요, 여러분. 덕분에 참 행복했습니다.

감사 인사와 더불어 한 가지 오해를 풀고 싶은 점이 있다. 제목 덕분에 큰 사랑을 받기도 했지만 일부는 이 책의 제목만 보고 비난하기도 한다. 무작정 열심히 달리기보단 속도를 줄이고 내 페이스에 맞게 살겠다는 뜻이었는데 마치 내가 열심히 사는 삶을 부정하는 것처럼 오해하는 사람들을 보면 마음이 착잡하다. 그만큼 열심히 사는 걸 당연시하는 분위기가 만연해 있기 때문이리라. 우리나라에서 열심히 살지 않는 건 나쁜 거다. 최선을 다하지 않고 할 만큼만 하면 욕을 먹는다. 열심히 사는 게 기본값이 된 사회, 열심히 사는 게 무조건 선(善)인 사회. 열심히 사는 건 좋은 태도지만 모두가 반드시 그렇게 살아야 한다면 얘기가 다르다. 내 눈엔 열심을 강요받는 사회 역시 그리 건강해 보이진 않는다. 정말 열심히 살지 않으면 안 되는 것일까? 인생 망가지는 길일까?

6년의 세월이 흘렀지만 나는 여전히 열심히 살지 않는다. 이게 다 콘셉트 유지를 위해서다. 생각해보라. 결국은 다시 열심히 살고 있다 얘기한다면 독자들이 얼마나 실망하겠나. 그래서 지난 6년간 열심히 살지 않으려고 부단히 애를 썼다. 나는 열심히 살지 않을 의무가 있다(웃음). 의무감도 있지만 나는 지금의 속도가 꽤 맘에 든다. 가능하면 계속 이 정도의 템포로 살고 싶다. 무리하지 않고, 내가 해야 할 일들을 성실하게 하면서, 조용하고 평온하게.

책에서도 밝혔지만 이 프로젝트는 원래 1년짜리 실험이었다. 열심히 사는데도 삶은 변할 생각이 없고, 어느 순간 나는 지쳐버렸다. 마음의 병 비슷한 게 생겼다. 그래서 딱 1년만 열심히 살지 말아보자고 생각했다. 그리고 실행에 옮겼다. 그때는 그것이 내 삶을 변화시키리라고는 생각하지 못했다. 그런데 그 무모함이, 그 멈춤이 내 삶을 완전히 바꿔버렸다.

나는 원래 그림을 그리는 사람이었는데 팔자에 없는 글 작가가 되었고, 내가 쓴 책이 베스트셀러가 되고 여러 나라에 수출되는 엄청난 사건이 일어났다. 이런 일들은 내가 열심히 했기 때문에 생긴 일은 아니다. 오히려 그 반대다. 열심히 살지 않기로 한 후 생긴 일들이니까 말이다. 내게 생긴 일들을 어떻게 설명해야 할까. 그냥 운이 좋았다고밖에 할 말이 없다. 운 얘기가 나와 생각나는 이야기가 하나 있다. 이 이야기가 내게 일어난 일들을 어느 정도 설명할 수 있을 것 같다.

심리학 교수 '리처드 와이즈먼'은 운이 좋은 사람, 혹은 운이 없는 사람이 진짜 존재하는지 밝히고 싶었다. 그래서 스스로 운이 좋다고 생각하는 사람들과 반대로 운이 없다고 생각하는 사람들을 데리고 이런저런 비교 실험을 진행했다. 그들이 실제로 운이 있고 없고는 실험을 통해 밝혀질 터였다.

여러 실험에도 두 그룹 사이의 차이는 없었다. 우연에 의해

주어지는 행운은 공평하게 랜덤했던 것이다. 그런데 두 그룹이 큰 차이를 보이는 실험이 딱 하나 있었다. 그 실험은 이랬다. 신문을 한 부씩 나누어 주고 신문에 실린 사진의 개수를 세어 실험 진행자에게 말하면 돈을 받을 수 있다는 내용의 실험이었다. 놀랍게도 두 그룹의 결과는 크게 달랐다. 운이 안 좋다고 생각하는 그룹은 평균 2분의 시간이 걸린 반면 운이 좋다고 생각하는 그룹은 대부분 몇 초 만에 답을 맞혔다. 어떻게 이런 일이 벌어진 것일까? 이 실험엔 한 가지 숨겨진 트릭이 있었다. 신문의 첫 번째 장을 넘기면 이렇게 적힌 광고가 실려 있었던 것이다.

'사진을 세지 마시오. 이 신문엔 43장의 사진이 있으니 진행자에게 말하고 돈을 받으시오.'

자신이 운이 좋다고 생각하는 그룹의 사람들은 대부분 이 광고를 보았고 진행자에게 가서 말하고 돈을 받았다. 그리고 운이 없다고 생각하는 그룹의 사람들은 대문짝만 하게 쓰인 이 글을 보지 못하고 끝까지 사진을 세었다. 신기하지 않은가? 행운은 공평하게 '거기' 있었는데 누구는 보고 누구는 보지 못한다. 운이 없다고 생각하는 그룹 사람들이 그걸 보지 못한 이유는 간단하다. 너무 열심이었던 거다. 사진을 세야 한다는 목표에 너무 몰두한 나머지 눈앞의 행운을 보지 못했다. 마치 눈 옆을 가리고 앞만 보고 달리는 경주마처럼. 목표 외엔 아무것도 중요하지 않다는 듯이. 그들은 아마 평소에도 그런 식으로 살아갈 것이 분명했다. 옆에 행운이 있어도 보지 못한다. 그리고 그들은 말한다. "난 운이 없어"라고.

내가 그랬다. 왜 열심히 사는데 내 삶은 이 모양인지 늘 불만이었고 억울했다. 내 목표, 내가 원하는 삶은 너무나 멀리 있었고 영원히 잡히지 않을 것만 같았다. 그래서 나는 불행했다. 그랬던 내가 180도 다르게 살기로 마음먹은 거다. 열심히 살지 않아도 된다, 뛰지 않아도 된다, 하기 싫으면 안 해도 된다, 목표 따위 못 이뤄도 괜찮다, 그렇게. 다르게 살아보고 싶어 시작한 일이지만 확신이 있었던 건 아니었다. 솔직히 그렇게 살면 인생 망한다고 생각했다. 그런데 반대로 인생이 잘 풀리기 시작했다. 비로소 내게도 운이 들어오기 시작한 것이다.

속도를 줄이면 여유가 생긴다. 여유가 생기자 늘 부족하고 못마땅했던 내 삶이 달리 보이기 시작했다. 내 삶엔 그리 즐거울 일도 행복할 일도 없다고 생각했었는데, 그곳에 이미 즐거움과 행복이 있었다. 그동안 그걸 보지 못했던 것뿐이었다. 남들과 발을 맞추지 않으니 비교하지 않게 되고, 내 삶이 그렇게 나쁘지 않다는 걸 깨닫게 되었다. 내 삶은 소소한 즐거움으로 가득했다. 그때의 즐거움이 나를 움직이게 했다. 기꺼이 목표와 정해진 길을 벗어나 다른 길을 가게 만들었다. 그 움직임의 결과물이 바로 이 책이다. 나에게 찾아온 운은 이런 것이다. 나는 이제 내가 운이 좋은 사람이라 느낀다.

"그러니까 열심히 살면 바보라는 얘기네."

아아, 자꾸 이렇게 극단적으로 받아들이면 심히 곤란하다. 계속 말하지만 열심히 사는 건 좋은 태도고 권장할 만하다. 하지만 뭐든지 과하면 모자람만 못한 법. 우리나라 사람들은 이미 위험할 정도로 과하게 열심히 살고 있다고 생각한다. 그래서 몸과 마음에 병이 든다. 안 그래도 힘든 사람에게 더 열심히 살라고 말하는 건 별 도움이 되지 않는다. 오히려 무리하지 말라는 말이 필요한 게 아닐까 싶다.

이 책을 통해 조금 덜 열심히 살아도 인생이 크게 망하지 않는다는 얘기를 해주고 싶었다. 어쩌면 다른 사람이 아닌 나 자신에게 해주고 싶었던 얘기가 아닐까 싶다. 물론 아무런 대가 없이 얻을 수 있는 건 없다. 느리게 살기 위해선 치러야 할 대가가 있다. 그러니까 이건 포기에 대한 이야기이기도 하다. 무엇을 포기하고 무엇을 얻을 것인가. 결국 어떻게 살고 싶은가에 대한 이야기다.

어떻게 사는 것이 맞는지는 나도 모른다. 정답도 없다. 그저 많은 사람이 주변에 깔린 운을 놓치지 않고 지금을 즐기며 살았으면 하는 바람이다. 적어도 나는 운 좋은 사람으로 살기를 '선택'했다. 그리고 이 책을 읽을 독자들의 삶이 행운으로 가득하길 바란다.

# 1

## 열심히 산다고 다 해결되는 건 아니다

# 노력이 우리를 배신할 때

무라카미 하루키의 데뷔작《바람의 노래를 들어라》에는 이런 장면이 나온다. 태평양 한가운데, 조난당한 한 남자가 튜브를 붙잡고 표류하고 있다. 그때 저 멀리서 똑같이 튜브를 붙잡은 한 여자가 헤엄쳐온다. 그들은 나란히 바다 위에 떠서 맥주를 마시며 이런저런 잡담을 나눈다. 밤이 새도록 이야기를 나눈 후 여자는 어딘가 있을지 모를 섬을 찾아 헤엄쳐가고, 남자는 그 자리에 남아 맥주를 마신다. 여자는 이틀 낮, 이틀 밤을 헤엄쳐 어딘가의 섬에 도착하고, 남자는 그 자리에 남아 술에 취한 채 구조대에 의해 구조된다.

몇 년 후 이 둘은 어느 고지대에 있는 작은 술집에서 우연

반가웠어요.
저는 섬이 있을 만한
쪽으로 헤엄쳐 가보겠어요.
당신은?
섬이 없을지도 모르잖아요.
여기서 맥주나 마시면서
구조 비행기를 기다릴래요.

히 마주치게 되는데, 여자는 굉장히 혼란스러워한다. 자신은 팔이 빠져라 열심히 헤엄쳐서 살았는데, 그 자리에서 아무것도 하지 않은 그 역시 살아 있다니. 여자는 헤엄치며 '남자가 죽었으면 좋겠다'고 생각했노라 고백한다. 하지만 남자는 살았다. 열심히 헤엄친 그녀와 똑같이…….

20대에 이 부분을 읽었을 땐 '무슨 개떡 같은 소리야?'라고 생각했다(그럼에도 나는 하루키의 소설을 무척이나 좋아했다. 뭔 소린지도 모르면서). 최근에 다시 읽었을 땐 조금 다른 느낌이었다. 하루키, 혹시 이런 걸 말하고 싶었던 거야?

우리는 어릴 때부터 정신교육을 받는다.

"열심히 하지 않으면 안 돼."
"노력하지 않으면 아무것도 얻을 수 없어."
"노력하지 않고 얻은 성공은 비겁한 거야."

이런 교육 말이다. 우리는 이런 말들을 신앙처럼 품고 살아간다. 이 말들이 틀린 것은 아니지만 꼭 그렇지만도 않다는 걸 세상을 좀 살아보면 알게 된다. 아니, 살면 살수록 아니라는 것을 더 크게 느낀다고나 할까? 그래서 혼란스러운 거다.

우리의 가치관이 흔들리니까.

열심히 하지 않고 별다른 노력을 하지 않아도 다 가진(성공하는) 사람들이 있다. 반면 누구보다 열심히 사는데 점점 빈곤해지는 사람도 있다. 수백 번의 오디션을 본 후에야 배우로 데뷔하는 사람이 있는가 하면, 친구 오디션에 따라갔다가 쉽게 데뷔하는 사람도 있다. 멀리서 예를 들 것도 없다. 공들인 작업은 별다른 성과를 못 냈는데 대충대충한 작업은 좋은 성과를 낸 경험, 누구나 한 번쯤은 해봤을 것이다.

**열심히 노력했다고 반드시 보상받는 것은 아니다.**
**그리고 열심히 안 했다고 아무런 보상이 없는 것도 아니다.**

그렇다. 우리가 믿었던 것과는 다르게 인생은 이처럼 아이러니 하다.

'그래서 어쩌라는 건데? 아무런 노력도 하지 말고 대충 살자고 말하고 싶은 거야? 열심히 노력해서 성공한 사람들의 성과를 다 부정하고 싶은 거야? 흙수저는 노력해도 안 되니까 금수저로 다시 태어나란 소릴 하고 싶은 거야? 도대체 뭔 소리를 하고 싶은 거야?'

워워, 화가 나는 마음을 이해한다. 사실 나도 화가 난다. 이 스토리에 분노가 이는 사람들은 열심히 헤엄친 여자에 감정이입을 해서 그럴 것이다. 그리고 그런 사람들은 실제로 누구보다 열심히 노력하는 사람일 확률이 높다. 그러니 이런 이야기가 불편하다. 노력하지 않은 사람도 똑같이 구조됐으니 말이다. 난 노력해서 얻었는데 넌 노력도 안 하고 얻었다고? 인정할 수 없다.

하지만 그렇게 화만 낼 이야기는 아니다. 반대로 남자에 감정이입 해보자. 아무것도 하지 않고 가만 있었는데 구조가 됐으니 얼마나 좋은가. 열심히 노력하지 않아도 잘될 수 있다는 이야기다. 꽤 괜찮지 않은가?

"그건 운이 좋아서 그런 거지. 구조대가 안 올 수도 있었잖아?"라고 말하는 사람도 있겠지만, 그건 여자도 마찬가지다. 근처에 섬이 없었을 수도 있지 않은가? 여자도 운이 좋았다.

결과적으로 여자도 남자도 똑같이 운이 좋았는데 여자는 그걸 눈치채지 못하고 혼란스러워한다. 자신이 얻은 것은 노력으로 받은 보상이라 생각하고 남자가 얻은 것은 부당하다고 생각하며 괴로워한다.

우리가 지금 괴로운 이유는 우리의 믿음, 즉 '노력'이 우리를 자주 배신하기 때문이다. 나는 죽어라 열심히 노력하는데 고작 이 정도고, 누구는 아무런 노력을 안 하고도 많은 걸 가져서다. 분명 노력하지 않으면 아무것도 얻을 수 없다고 배웠는데, 또 노력하면 다 이룰 수 있다고 배웠는데 이상하다. 뭔가 속은 것 같다. 잘못 살아온 것만 같다. 그렇다고 노력을 멈출 수도 없다. 노력하지 않으면 그나마 지금 정도도 유지하지 못할 것 같다. 어떻게 사는 게 맞는지 알 수 없어서 괴롭다.

왜 노력이 우리를 배신하는지, 그럼 이제 어떻게 살아야 하는지 물어도 난 답을 알지 못한다. 다만 괴로움을 줄이는 법은 안다. 분하지만 '인정' 해버리는 것이다. '노력해도 안 되는 것이 있고, 노력한 만큼 보상이 없을 수도, 노력한 것에 비해 큰 성과가 있을 수도 있다'라는 사실을 인정하면 괴로움에서 조금 벗어날 수 있다.

내가 '이만큼' 노력했으니 반드시 '이만큼'의 보상이 있어야 한다는 생각이 괴로움의 시작이다. 보상은 언제나 노력한 양과 동일하게 주어지지 않는다. 노력한 것보다 작게 혹은 더 크게 주어진다. 어쩌면 아예 보상이 없을 수도 있다. 안타깝지만 사실이다.

노력한 것에 비해 큰 성과를 얻은 사람이 주변에 있다면 비난하지 말고 그 성과를 인정해주자. 그것은 나 역시 노력에 비해 큰 성과를 얻을 수도, 노력하지 않았는데 좋은 일이 생길 수도 있다는 이야기니까. 질투로 괴로워할 필요가 없다. 그런 행운을 인정하면 더 많은 행운이 찾아온다나 어쩐다나. 믿거나 말거나.

이처럼 노력은 항상 우리를 배신하기 때문에 노력하면 할수록 자꾸 억울하다고 느낄 수밖에 없다. 소설 속 여자처럼 말이다. 하루키는 억울해하는 우리의 마음을 이상한 방식으로 위로한다.

원래 인생은 공평하지 않아.
노력으로 다 된다는 말도 거짓말이지.
알겠어? 네 노력이 부족한 탓이 아니라는 이야기야.

여기엔 어떠한 해답도 없지만 그걸로 충분하다. 나에겐 엄청난 위로가 된다. 이러니 하루키를 좋아할 수밖에.

괴테가 그랬다. "인생은 속도가 아니라 방향"이라고.

문득 궁금해졌다. 나는 어디로 이렇게 열심히 가고 있는 걸까. 아무리 생각해도 내가 어디를 향해 달려가는지 알 수 없었다. 그래서 멈춰 섰다. 그게 전부다. 그러니까 딱히 품은 뜻이 있거나 대책이 있어서 잘 다니던 회사를 그만둔 건 아니라는 얘기다.

정신을 차리고 보니 이미 사표를 낸 후였다. 아차 싶었지만 없던 일로 하기엔 사나이의 자존심이 허락하지 않았고, 거기다 사장님은 내 선택을 존중한다며 흔쾌히 나의 퇴사를 반기는 게 아닌가. 응? 이게 아닌데. 나 진짜로 회사 그만둬야 하는 거야?

붙잡으면 못 이기는 척 다시 남을 생각도 있었는데, 내 설득력이 이렇게 뛰어날 줄은 예상하지 못했다. 아니면 내가 퇴사하기만을 기다렸던 것일까. 아아, 나는 어쩌자고 이런 엄청난 짓을 저지른 것일까. 이게 다 괴테 때문이다.

굳이 이유를 하나 더 찾자면 새해가 오고 있었기 때문이다. 마흔 살을 두 달 앞둔 시점이었고, 죽을 날을 받아둔 것처럼 마음이 싱숭생숭했다. 마흔. 내가 그 나이가 될 거라곤 생각지 못했다. 벌써 마흔이라니. 언제 이렇게 시간이 흘러가버렸을까. 별로 한 것도 없는데.

마흔은 웬만한 세상일에는 흔들리지 않는다고 하여 불혹(不惑)이라 부른다는데 도대체 누가 그딴 소리를 했는지 모르겠다. 이봐, 보고 있나? 나 엄청 흔들리고 있다고! 결국 그렇게 흔들리다가 툭, 소중히 품어왔던 사표를 떨어뜨린 것이다. 그것도 사장님 책상 위에.

마흔이면 중간쯤 산 셈이다. 요즘은 백세 시대라지만 비루한 내 몸뚱이를 생각하면 아무래도 백 살까지는 못 살 것 같고, 이쯤이 중간이지 싶다. 반환점! 그래서일까? 지나온 날들

아, 이 길이 아닌 것 같은데…
아닌 것 같다면서 왜 계속 달리는 건데? 멈추는 게 우선 아니냐?

과 앞으로 남은 날들에 대한 생각이 많아졌다. 이렇게 사는 게 맞나?

만약 잘못된 방향으로 가고 있다면 지금 바로잡아야 할 것만 같았다. 그래야 남은 절반을 제대로 살 수 있을 테니까. 진지하게 궁서체로 물어봐야 할 때가 온 것이다. 나는 제대로 가고 있는 걸까. 그걸 알기 위해선 잠시 멈춰 서야 했다. 아니, 솔직히 그건 핑계고 이렇게 살아서 뭐 하나 싶은 마음이 컸던 것 같다. 아니면 그냥 지쳤는지도 모르겠다.

노력해라! (네네, 항상 노력하고 있습니다)

최선을 다해라! (이미 최선인데, 여기서 더요?)

인내해라! (평생을 참기만 하며 살았다고요)

살면서 가장 많이 들었던 이야기다. 시키는 대로 살았다. 인내하며 최선을 다해 열심히 사는 것이 진리라 생각했고 조금의 의심도 하지 않았다. 그렇게 열심히 살았는데, 어째 점점 더 불행해지는 느낌이 드는 건 그야말로 기분 탓일까?

후회가 밀려온다. 아니, 후회라기보단 억울함이다. 10분만 더 올라가면 정상이라고 해서 참고 올랐는데, 10분이 지나도 정상은 나오지 않았다. 조금만 더 가면 돼. 진짜 지금부터 딱 10분. 그 말에 속고, 또 속고. 그렇게 40년 동안 산을 오르고 있는 기분이다. 그야말로 환장할 기분이다.

이왕 여기까지 온 김에 조금만 더 올라가볼 수도 있다. 계속 열심히 살다 보면 뭔가 보일 수도 있다. 그러나 이제 지쳤다. 체력도 정신력도 바닥이다. 에라, 더는 못해먹겠다. 그렇다. 마흔은 한창 비뚤어질 나이다. 그런 이유로 나는 결심했다. 이제부터 열심히 살지 않겠다고!

걱정하는 한숨 소리가 여기저기서 들리는 듯하다. 저 사람 이제 큰일 났구나 싶은 마음이겠지? 그런 생각을 하는 것도 무리는 아니다. 나도 내가 걱정돼 죽겠다.

모두가 열심히 사는 세상에서 열심히 살지 않겠다니 황당한 소리라는 걸 안다. 열심히 사는 사람들을 모욕하고 싶은 마음은 더더욱 아니다. 단지, 내게 기회를 주고 싶을 뿐이다. 다르게 살아볼 기회를……. 스스로에게 주는 마흔 살 기념 선물이랄까?

솔직히 이 선택이 어떤 결과를 가져올지 나조차 알 수 없다. '노력하지 않는 삶'은 나도 처음이다.

그러니까, 이건 내 인생을 건 실험이다.

이 실험, 과연 성공할 수 있을까?

'부러우면 지는 거다'라는 말이 한때 유행이었다. '부럽다'라는 감정은 자연스럽게 '나한텐 왜 없을까(난 왜 안 될까)?'라는 한숨으로 이어지고, 그 숨을 다 뱉을 때쯤 우리는 묘한 패배감을 느끼게 된다.

'나는 못 가졌으니 진 거야.'

맞다. 부러우면 지는 거다. 그래서 부러워하면 안 된다. '졌다'는 느낌처럼 참담한 기분은 없으니. 부러워하지 않으면 패배도 없다.

그러고 보면 우리 사회는 확실히 경쟁 사회다. 경쟁이 아닌 것에서도 승자와 패자를 정한다. 이런 세상에서 살다 보니 어쩔 수 없이 우리는 매번 진다. 응? 혹시 나만 지는 건가?

나는 이긴 적이 없다. 매일 무언가를 '이루어냈다'는 사람들의 이야기가 쏟아져나오는 세상에서 나는 상대적인 패배감을 느끼곤 한다. 열심히 살아왔고 지금도 열심히 살고 있는데, 좀처럼 상황은 나아지지 않고 오히려 더 빈곤해지는 느낌. 열심히 살았는데 겨우 이 정도야? 억울했다. 차라리 열심히 살지 않았더라면 덜 억울했을 텐데……. 계속 지는 느낌이었다. 그런데 난 누구에게 지고 있는 걸까? 고민하는 내게 누군가 이런 말을 했다.

"됐고, 열심히 사니까 그 정도라도 사는 거야."

아아, 이런 고마운 사람. 맞는 말이다. 나처럼 '빽'도 없고 능력도 없는 놈이 그나마 이 정도라도 사는 건 열심히 살았기 때문인지도 모른다. 이 정도. 사람들을 일렬로 세워놓고 내 위치를 따지면 중간 정도는 된다는 건가? 아니지, 그렇게 높진 않을 거다. 그래도 바닥은 아닌 거로 해두자. 분명 감사

해야 할 일이지만, 내 마음은 격렬하게 열심히 살고 싶지가 않아졌다.

### 열심히 사니까 자꾸 승패를 따지게 된다.

나는 6년 차 일러스트레이터였다. 6년 동안 그림을 그렸지만, 많이 알려지진 않았다. 이름도 알려지지 않고 눈에 띄는 작품도 없는 무명배우와 비슷하다고 생각하면 되겠다.

'무명'의 가장 큰 걱정거리는 아무래도 수입일 것이다. 무명배우들이 생계를 위해 다른 부업을 하듯 나 역시 부업으로 회사를 다녔다. 솔직히 부업이라고 하기엔 회사에서 받는 월급이 수입의 대부분이었기 때문에 일러스트레이터가 아니라 부업으로 가끔 그림을 그리는 회사원이라고 해야 할지도 모르겠다. 분명한 건 둘 중 어느 하나만으론 생활이 힘들었다는 거다.

그래서 열심히 회사를 다니고, 열심히 그림을 그렸다. 긴 백수 시절에서 막 탈출한 시점이었던 터라 일을 해서 돈을 벌 수 있다는 사실만으로도 감사했다. 하나도 아니고 두 가지 일을 할 수 있다니. 야호! 신난다. 그렇게 열심히 몇 년이 흘렀다.

나는 여전히 투잡을 하고 있었고 조금씩 지치기 시작했다.

'나는 왜 남들처럼 한 가지 일만으론 먹고살 수 없는 거지?' 그림 그리는 일이 싫어졌다. 돈도 안 되는 일. 그림은 내게 그런 일이 되어버렸다. 누가 돈을 주지 않으면 그림을 그리지 않았고, 가끔 그림 의뢰가 들어오지만 그마저도 귀찮게 느껴졌다. 회사 일도 마찬가지였다. 회사가 내 시간을 빼앗아간다고 생각했다. 빼앗기는 시간에 비해 월급이 부족한 것 같았다. 따지고 보면 내가 그림을 싫어하게 된 것도 다 회사 때문이었다. 어? 이건 아닌데…….

뭔가 잘못되고 있는 기분이 들었다. 초심은 온데간데없이 사라지고 나는 불평불만이 가득한 사람이 되어 있었다. 몸에 '독'이 잔뜩 쌓인 걸까? 분명 형편이 더 나아졌음에도 불구하고 나는 좀처럼 만족하지 못했다. 그랬다. 나는 패배감을 느끼고 있었다. 열심히 달리는데 좋은 성적을 거두지 못하는, 경쟁에서 진 패배자라고 느끼고 있었다. 지는 기분은 더럽다.

**지는 게 싫어서 열심히 살지 않기로 했다.**

그렇게 마음먹은 후 가장 먼저 한 일은 회사를 그만두는 일이었다. 굳이 회사를 그만둘 필요가 있었을까 싶지만, 아무래도 회사에 다니면 내 의지와는 상관없이 열심히 살게 될 테니까. 아침 일찍 일어나 만원 전철에 몸을 구겨 넣고, 한 시간 넘게 달려 회사에 도착하는 것만으로도 엄청 열심히 사는 것처럼 느껴졌다. 그래서 그만뒀다.

회사가 너무 싫어졌다거나 그림을 너무 그리고 싶어서 퇴사한 것은 아니다. 초심을 찾으려는 건 더더욱 아니다. 그냥 한 번쯤은 승패에 상관없이 살아보고 싶었다. 나를 짓누르는 여러 문제로부터 잠깐이나마 멀어지고 싶었달까?

요즘은 오후가 다 돼서야 일어난다. 대충 늦은 점심을 차려 먹고 빈둥빈둥 논다. 맥주를 마시거나 책을 읽거나 가끔 아이디어를 끄적인다. 그러다 보면 금세 저녁이 되고 밥을 먹고 잠을 잔다. 이렇게 게으르게 살아도 되나 싶을 정도의 삶이 이어지고 있다.

나도 모르는 사이 어떤 '경주'에 참가했었는데 지금은 그 경주를 기권한 기분이다. 지금은 경주에 참여하지 않으니 당연히 승리도 패배도 없다. 그런데 궁금한 건 그 경주가 무엇이었는지 도무지 알 수 없다는 것이다. 그 경주의 타이틀은 무엇이

정신차려
이 각박한 세상 속에서!
열심히 살면 지는 거다!

었을까?

'누가 돈 더 많이 버나' 대회?

'누가 먼저 내 집 장만하나' 대회?

'누가 먼저 성공하나' 대회?

도무지 모르겠다. 아무튼 나는 정체를 알 수 없는 경주에서 좋은 성적을 내려고 무진장 애를 쓰며 열심이었던 모양이다. 그만두길 잘했다.

지금의 나는 성적을 낼 필요가 없다. 이제 나는 경주 바깥의 사람이니까. 사람들도 그걸 눈치챘는지 그다지 내 성적표를 궁금해하지 않는다. 나는 더 이상 그들의 경쟁자가 아닌 것이다. 응? 이거 좋은 거 맞지?

좋거나 말거나 이렇게 사는 사람 하나 정도는 있어도 괜찮지 않나 싶다. 가끔 "너 그러다 큰일 나"라며 걱정해주는 사람들도 있는데 그럴 때면 난 "어떻게든 되겠죠"라며 웃어버린다. 그리고 이건 진심이다.

어떻게든 되겠지, 어떻게든. 케세라세라(Que sera, Sera).

나는 불치병에 걸렸었다. 미대 입시를 준비하는 입시생들 사이에서 유행하는 병이었다. 그 병의 이름은 '홍대병'. 내가 입시를 준비하던 당시, 이 병에 걸려 무려 7수를 하고 있다는 입시생의 전설이 학원가를 떠돌았다.

농담인지 진담인지 알 수 없었지만 홍대병은 그 정도로 무서운 병이었다. 다른 대학에 붙어도 홍대가 아니면 아무런 의미가 없어 재수를 하고, 떨어지면 또다시 도전하고, 그렇게 일곱 번 무려 7년간 입시생 생활을 할 만큼 무서운 불치병이었다. 홍대가 뭐라고. 그런데 그 무서운 병에 내가 걸렸다. 덜컥.

고3 때 홍대 입시를 봤지만 떨어졌다. 다른 대학에 붙었지만 당연히 가지 않았다. 대학의 레벨이 높아진다면 기꺼이 1년을 투자할 가치가 있다고 생각했다. 그렇게 재수를 하고 다시 홍대에 도전했다. 그리고 또 떨어졌다.

이럴 수가, 아까운 내 1년. 하지만 여기서 포기하면 아무것도 안 된다고 생각했다. 포기하지 말고 끝까지 도전하라고 배웠으니까. 노력하면 안 되는 건 없어. 내 노력이 부족했던 거야. 한 번만, 한 번만 더 도전하자. 투자한 1년이 아까워서라도 포기할 수 없었다. 나는 그렇게 3수생이 됐다. 아아, 나는 멈췄어야 했다.

벌써 3수라니, 이번엔 꼭 붙어야만 한다. 누구보다 노력했고 누구보다 간절했다. 홍대에 붙게 해달라고 매일 기도했다. 그런데 맙소사, 또 떨어졌다. 세 번째 낙방. 합격자 발표가 있던 날 밤, 나는 동작대교 위에서 차가운 강물을 내려다보고 서 있었다. 내 인생은 끝이라고 생각했다. 그 다리 위에서 인생을 끝낼 생각이었다.

세 번이나 도전했는데 떨어지다니. 이유가 뭘까? 나보다 못 그리던 애들은 다 붙었는데, 왜 내가 떨어진 걸까? 긴장했던 탓일까? 홍대 입시장만 가면 한 번도 제대로 된 실력을 발휘하지 못했다. 아니, 거의 망치고 나왔다. 아, 누군가 실전에서 잘하는 것도 실력이라고 했다. 이유야 어떻든 난 떨어졌고 그것은 곧 실력 부족, 노력 부족을 의미했다. 변명은 필요 없었다. 난 루저다.

부모님 얼굴을 어떻게 보나. 이대로 죽는 게 깨끗한 선택이야. 그래, 죽자! 하지만 무서워서 뛰어내리지 못했다. 죽을 용기도 없는 비겁한 나를 마주하니 더 비참해졌다. 울면서 다리를 건넜다. 겨울 바람이 차가웠다. 여기까지가 끝인가 보오.

어쩔 수 없이 다른 대학에 입학했다. 두어 달 다녀봤는데 도저히 적응할 수 없었다.

'겨우 여기 오려고 3수까지 한 거야? 처음부터 네 자리는 여기였어. 주제도 모르고 덤비더니 꼴좋다.'

나를 괴롭히는 목소리 때문에 아무것도 할 수가 없었다. 이대로 루저인 채로 살아가야 하는 건가. 이런 패배감을 안고 평생 살아가야 하는 거란 말인가. 갑자기 오기가 생겼다. 내가 꼭 가고 만다. 그렇다. 그 병은 불치병이었다.

### 어쩌면 그때 멈췄어야 했는지도 모른다.

나는 부모님 몰래 자퇴를 했다. 학교에 간다고 거짓말을 하고 다시 입시 준비를 했다. 4수였다. 더이상 물러설 곳이 없었다. 나에겐 그곳에 가는 것만이 유일한 희망이었고, 다른 길은 없었다.

아, 홍대병에 걸려 7수를 했다던 그 입시생. 거짓이 아니었구나. 바로 나 같은 인간이 그런 입시생이 되는 것이었구나. 고작 대학교의 간판을 위해 7년이라는 시간을 보낼 가치가 있을까 싶지만, 그때는 그럴 수 있다고 생각했다. 분명 눈에 뭔가가 씐 게 분명했다.

시간이 흘러 다시 겨울이 오고 홍대 입시를 치렀다. 그리고 그해, 나는 네 번의 도전 만에 홍대에 합격했다.

이 이야기를 포기하지 않고 도전해서 꿈을 이룬 성공 스토리쯤으로 읽었다면 한참 잘못 읽은 거다. 이건 잘못된 목표가, 오직 한 가지 길밖에 없다는 맹목적 믿음이 얼마나 사람을 피폐하게 만드는지를 보여주는 이야기다.

내가 홍대를 갈망했던 이유는 그것이 내 인생을 바꿔줄 것이라는 믿음에서였다. 어른들은 좋은 대학만 들어가면 인생이 성공으로 끝나는 것처럼 말했다. 그리고 다들 미대 중에선 홍대가 최고라며 입을 모았다. 홍대만 나오면 대기업들이 앞

다투어 스카우트한다는 소문도 들렸다. 바로 저기다. 저기만 들어가면 내 구질구질한 인생도 한방에 바뀌겠지. 아무도 날 무시하지 못할 거야. 지금 내 상황에선 저곳만이 유일한 희망이야. 그 생각이 얼마나 어리석고 순진한 생각이었는지 아는 데는 그리 오래 걸리지 않았다.

고생고생해서 홍대에 입학했지만 내 인생은 변하지 않았다. 캠퍼스의 낭만이나 배움의 열정은 개뿔, 오직 학비를 벌기 위한 노동만이 있을 뿐이었고 대기업들이 스카우트한다는 소문은 말 그대로 소문이었다. 각자 알아서 자기 살길 찾느라 바빴다. 그리고 난 길을 잃었다.

4년째 공무원 시험에 낙방하여 자살을 택한 한 공시생의 소식을 뉴스를 통해 들었다. 어머니와 함께 고향으로 내려가던 고속도로 휴게소 화장실에서 그 청년은 목을 맸다.

얼마나 괴로웠을까. 또 얼마나 죄송했을까. 수많은 젊은이가 공무원 시험으로 몰리는 현실도 안타깝고, 거기서 실패했다고 목숨을 버리는 상황은 더욱 안타깝다.

고작 공무원 시험에 목숨을 버리느냐고, 공무원이 목숨을 걸 만한 일생일대의 일이냐며 이해가 안 갈 수도 있다. 하지만 사람은 무언가에 집착하기 시작하면 다른 것은 보이지도 들리지도 않는다. 나 역시 죽으려 하지 않았나.

조금만 고개를 들고 주위를 둘러보면 다른 길들이 있는데, 그때는 그게 보이지 않는다. 오직 하나, 이 길만이 유일한 길이라 믿는 순간 비극은 시작된다. 길은 절대 하나가 아니다. 그리고 그 길이 전부라고 생각하지만 막상 가보면 그 길이 자신이 원하던 길이 아닌 경우도 많다.

나는 "절대 포기하지 마라"라는 말을 싫어한다. 목숨 빼곤 다 포기해도 좋다고 생각한다. 쉽게 포기하며 살라는 이야기가 아니다. 원하는 목표가 있으면 노력도 하고, 최선을 다해봐야 한다. 그렇게 두세 번 도전했는데도 안 되면 과감히 포기하는 게 맞다. 나처럼 4년 혹은 그 이상 매달리는 것은 집착이다. 절대 포기하지 말라는 말처럼 잔혹한 말은 없다. 그 목표를 절대 포기할 수 없어서 자신의 목숨을 끊다니 이런 비극이 어디 있단 말인가.

**세상에는 많은 길이 있다.**
**어떤 길을 고집한다는 것은 나머지 길들을 포기하고 있다는 말과 같다.**

너 그거 아냐?
여자들이 고양이를
엄청 좋아한대.
난 고양이가 될 거야.
귀엽쩡?
정말
그 길밖에
없는 거냐?

이미 많은 것을 포기했으니 그것 또한 포기하지 못할 이유가 없다. 너무 괴롭거든 포기해라. 포기해도 괜찮다. 길은 절대 하나가 아니니까.

# 포기의 기술

주식 투자에 열을 올리던 시절이 있었다. 그렇다. 일확천금의 꿈을 꿨다. 주식으로 대박 나서 하던 일을 다 때려치우는 달콤한 꿈 말이다. 처음에는 주식으로 돈을 조금 벌었다. 곧 기대에 휩싸였고, 힘들게 모은 돈을 모조리 주식에 넣었다. 어떻게 됐냐고? 주식 투자에 성공했다면 내가 지금껏 그림을 그릴 리가 없지 않나(웃음). 결국 값비싼 수업료를 치른 후 정신을 차렸고, 지금은 주식에서 완전히 손을 뗐다. 아, 다 잊었는데 막 슬퍼지려고 한다. 아무튼.

주식 투자에서 가장 중요한 기술 중 하나는 바로 '손절매'다. 손절매란 주가의 하락으로 손해가 났을 때, 더 큰 손해를 막기 위해 실패를 인정하고 보유한 주식을 팔아버리는 것을 말한다.

내가 산 가격보다 주가가 내려가고 앞으로도 계속 내려갈 것이 예상된다면 손실을 줄이기 위해 팔아버리는 것이 당연하다. 그런데 이 당연한 것을 못 해서 더 큰돈을 잃는 경우가 허다하다. 대부분 눈앞에서 주가가 계속 내려가는데도 팔지 못하고, '물타기'를 하거나 '버티기'를 한다. 주가는 계속 오르락내리락하는 것이고 언젠가는 다시 오르겠거니 하고 생각하는 거다. 그러나 그 전략은 대부분 실패한다. 다 잃고 나서야 절반이라도 건질걸 하고 후회하는 게 일반적이다. 그 일반에 나도 포함된다. 슬프다. 말로만 들으면 참 쉬운 손절매를 사람들이 못 하는 이유는 딱 하나다.

**'지금까지 투자한 게 얼만데, 아까워서라도 포기할 수 없어.'**

본전 생각에 포기하지 못하는 마음을 두고 '콩코드 오류(Concorde Fallacy)'라 부른다. 1976년 처음 취항한 콩코드는 영국과 프랑스의 합작으로 만든 세계 최초 초음속 여객기다. 어마어마한 돈을 쏟아부어 만든 이 여객기는 처음부터 두 정부의 기술력을 자랑할 요량으로 만들어진 것이었기에 효율과는 거리가 멀었다. 적은 탑승 인원, 높은 탑승 비용, 낮은 연비, 잦은 고장. 콩코드는 최악의 여객기로 불리며 생산을 중단해야 한다는 평가를 받지만, 영국과 프랑스는 콩코드를 끝까지 포기하지 않았다. 자존심상 실패를 인정할 수 없었고, 지금까지 투자한 돈이 아까워 포기할 수 없었다. 결국 탑승자 전원이 사망하는 사고가 있자, 여론에 밀려 2003년 콩코드 프로젝트는 막을 내렸다.

포기는 비굴한 실패라고 배웠는데, 그건 사실이 아니다. 현명한 삶을 살기 위해선 포기하는 기술이 필요하다. 우리는 '인내'나 '노력' 같은 기술을 이미 수도 없이 익히며 살았지만, 포기하는 기술은 배우지 못했다. 아니, 오히려 포기하지 말라고 배웠다. 그래서 포기하지 못해 더 큰 걸 잃기도 한다.

내가 연이은 입시 실패에도 계속 도전을 했던 건 포기하지 않는 '불굴의 의지' 같은 것이 아니었다. 나는 콩코드 오류에 빠져 있었다. 내가 투자한 시간이 얼만데 하는 마음이었다. 아깝고 실패를 인정할 수 없어서 다시 도전하고 또 도전했다. 도전하는 동안은 실패가 아니니까. 그렇게 나는 실패를 유보하고 있었다. 4수 끝에 붙어서 다행이지, 그때도 떨어졌다면 나는 또다시 입시를 준비했을 것이다. 늘 이번이 마지막이라 다짐했지만, 떨어진 후엔 본전 생각에 과감히 포기하지 못했고 실패를 인정할 수 없었다.

## 현명한 포기에는 용기가 필요하다.

실패를 인정하는 용기. 노력과 시간이 아무런 결실을 맺지 못했더라도 과감히 버릴 줄 아는 용기. 실패했음에도 새로운 것에 다시 도전할 수 있는 용기.

현명한 포기는 끝까지 버티다 어쩔 수 없이 하는 체념이나 힘들면 그냥 포기해버리는 의지박약과는 다르다. 적절한 시기에 아직 더 가볼 수 있음에도 용기를 내어 그만두는 것이다. 왜? 그렇게 하는 것이 이익이니까. 인생에도 손절매가 필요하다.

타이밍을 놓치면 작은 손해에서 그칠 일이 큰 손해로 이어진다. 무작정 버티고 노력하는 것만이 능사가 아니다. 지금 우리에겐 노력보다 용기가 더 필요한 것 같다. 무모하지만 도전하는 용기, 그리고 적절한 시기에 포기할 줄 아는 용기 말이다.

자, 여러분은 할수 있습니다!
지금부터 용기 내어 포기합니다!
알겠습니까?

나의 첫 직업은 입시 미술학원 강사였다. 대학 다닐 때 학비를 벌기 위해 시작한 일이었는데 대학 졸업 때까지 이어졌다. 당시 나는 굉장히 고집스럽게 '내 인생에 대출은 없다'라는 신념을 가지고 있었다. 당연히 학자금 대출은 받지 않았고 집에선 대학 등록금을 내줄 형편이 못 됐기에 돈을 벌어야만 했다.

다행히 미술학원 강사 일은 수입이 나쁘지 않았다. 덕분에 나는 대학 4년 동안 대출 없이(아끼고 아껴서) 내 힘으로 학교에 다닐 수 있었다. 스스로 박수라도 쳐주고 싶지만 모든 일엔 좋은 점이 있으면 나쁜 점도 있는 법. 강사 일을 하면서 나는 학교를 제대로 다니지 못했다. 학원에서 내가 맡은 학생들을 관리해야 한다는 책임감에 학교보다는 늘 학원 일이 먼저였다. 과제 할 시간이 부족해 전공 수업은 최소화하고 교양으로만 학점을 채웠고, 학원 일을 핑계로 결석도 잦았다.

휴학을 한 번 하고 군대를 다녀온 후 3학년쯤 됐을 땐 이미 과에서 나를 아는 사람이 없을 정도였다. 다들 나를 다른 과에서 복수 전공을 신청한 사람으로 여겼을 정도니 말 다했다. 흔히 대학교 인맥이 사회생활에 필요한 재산이라던데 나는 그런 건 모으지 못했다. 전공 수업도 졸업에 필요한 학점만 들었으니 디자인과를 나왔어도 디자인을 잘 모른다. 학교에 다니기 위해 일을 하는데, 정작 학교 생활을 잘 못하게 되는 아이러니한 상황이 몇 년간 이어지다 보니 나는 강사 일이 정말 싫어졌다.

미술학원 강사 일이 싫었던 이유는 또 있었다. 학생들을 계속 다그쳐야 하는 일이 나에겐 너무 스트레스였다. 학생들에게 입시가 삶의 목표라고 강요하며 끊임없이 노력할 것을 요구하는 나 자신이 싫었다.

"너 이따위로 그리면 대학 못 가."

"네가 잠자는 시간에도 누군가는 그림을 그려."

"이 정도면 저기 아래 지방대쯤은 갈 수 있겠네. 부모님이 참 좋아하시겠다."

그런 말들을 서슴없이 던져 아이들에게 상처를 주곤 했다. 지금 생각해도 얼굴이 화끈거린다. 내가 뭐라고. 대학이 뭐라고. 마치 대학이 인생의 최종 도착지인 양 위너와 루저를 들먹여가며 아이들을 협박하고, 네 시간 만에 완성도 높은 그림을 그리는 '기계'로 만들고 있었다. 나는 그런 인간이었다.

그래서 대학을 졸업하자마자 미술학원을 그만뒀다. 미술학원에 남아 계속 그 일을 할 수도 있었지만 싫었다. 다른 일을 하고 싶었다. 더 재미있고, 의미 있고, 가슴 뛰는 일 말이다. 그런데 그게 뭔지는 잘 몰랐다.

학교를 그 지경으로 다녔으니 취업 준비나 미래에 대한 대비가 되어 있을 리 없었다. 20대의 대부분을 대학 졸업장을 사는 데 써버린 셈이었는데, 생각해보면 처음부터 배움을 원했던 게 아니라 대학 졸업장을 원했던 것 같다. 한심하게도 나는 그런 인간이었다.

그래도 기분만은 좋았다. 더 이상 하기 싫은 일을 하지 않아도 된다는 생각에 내 미래는 밝아 보였다. 그동안 고생했으니 천천히 쉬면서 '내가 진짜 하고 싶은 일'을 찾아보기로 했다. 짧은 인생이니 진짜 하고 싶은 일을 해야지. 당장 돈벌이를 위해 쉽게 아무 일자리나 찾고 싶진 않아. 진짜 하고 싶은 일에 열정을 쏟고, 부딪치고, 깨지고, 성장하며 살고 싶어. 그렇게 다짐했다. 독립하기 전이라 숙식은 문제없었고, 미술학원 다니며 모아놓은 돈도 어찌어찌 아끼면 1년은 거뜬하다고 생각했다. 그런데 그게 고통의 시작이 되리라곤 생각지도 못했다.

1년 정도면 내가 하고 싶은 일을 찾지 않을까 생각했는데 그게 아니었다. 그 기간은 점점 길어져 3년이라는 시간이 훌쩍 지나가버렸다. 나는 그 시간을 내 인생의 '공백기'라고 부른다. 무슨 연예인도 아닌데 공백기라니. 그것도 3년씩이나. 나는 3년 동안 돈 한 푼 벌지 않고 '내가 진짜 하고 싶은 일이 뭘까'를 고민했다. 그래서 진짜 하고 싶은 일을 찾았냐고? 결론부터 이야기하자면, 찾지 못했다.

3년의 공백기 동안 '진짜 하고 싶은 일'은 찾진 못했지만 몇 가지 깨달은 것이 있다. '진짜 하고 싶은 일'은 '사랑'과 참 많이 닮았다는 것이다.

**'이제부터 진짜 사랑을 찾을 거야'라며 찾아 나선다고 사랑이 찾아지는 게 아니듯, 진짜 하고 싶은 일도 찾는다고 찾아지는 게 아니었다.**

그것은 '찾는' 게 아니라 '찾아오는' 것이었다. 일하거나 공부하거나 취미 생활을 하거나 아니면 여행을 하거나, 생활하고 활동하는 동안 '아, 이런 일을 하고 싶다'라며 자연스럽게 혹은 운명처럼 찾아오는 것이다. 나처럼 아무것도 안 하고 머릿속에서만 찾는다고 찾아지는 게 아니었다. 나는 그랬다.

그렇다고 3년 동안 아무것도 안 한 건 아니었다. 소설가를 꿈꾸며 소설도 몇 편 썼고, 그림책에 매력을 느껴 혼자 그림책도 만들었다. 그런데 그런 것들이 내가 진짜 하고 싶은 일인지 의구심이 들었다. 겨우 이 정도로 진짜 하고 싶은 일이라고 말할 수 있을까? 좀 더 강렬한 느낌이어야 하지 않을까? '이거 말고 다른 건 죽어도 안돼!'라는 느낌이 들지 않았다. 눈에 띄게 재능이 있는 것 같지도 않고. 초조했다.

이것도 사랑과 닮았다. 어떤 사람은 첫눈에 사랑에 빠지고 미칠 듯 강렬한 사랑을 앓는다. 또 어떤 사람은 천천히 사람이 좋아져 사랑을 한다. 그리고 그 사랑도 잔잔하다. 나는 후자의 사람이었다. 일에 있어서도 강렬하고 분명한 느낌을 기다렸는데, 그건 내게 오지 않았다.

나는 첫눈에 사랑에 빠져본 적이 없다. 사랑 때문에 심하게 마음앓이를 한 적도 없다. 그런 인간이 강렬한 계시 같은 것을 기다렸으니 바보 같은 짓을 한 셈이다. 내가 나를 몰라도 너무 몰랐다. 어쩌면 내 인생이 끝날 때까지 강렬히 하고 싶은 사랑(일)은 만나지 못할지도 모르겠다.

나는 타협이 필요한 인간이었다. 강렬하게 '하고 싶은 일'은 없지만, '하고 싶지 않은 일'은 있는 사람이었다.

**너무 괴롭지만 않으면 뭐든 내가 할 수 있는 일을 해보자.**

그게 내가 3년의 긴 터널 끝에 내린 결론이었다. 이 간단한 답을 얻으려고 참 오래도 걸렸다. 미련하게도…….

고민도 걱정도 너무 많이 하다 보면 지긋지긋해진다. 3년 동안 내 미래에 대해 걱정하고, 걱정하고, 걱정했다. 하지만 아무리 고민하고 걱정해도 답은 없었다. 열정을 쏟고 싶은데, 더 늦기 전에 하고 싶은 일을 찾아야 하는데, 뛰어난 재능도 없고 나이만 먹고, 이것저것 관심은 많지만 특별히 하고 싶은 것

은 없었다. 이대로 나는 아무것도 못 되고 끝나는 걸까?

내 미래는 어두웠고, 내가 아무 쓸모 없는 존재처럼 느껴졌다. 서울역 노숙자들을 볼 때마다 미래의 내 모습이 아닐까 불안에 떨었다. 급기야 '나 하나쯤 없어져도 세상은 아무 문제없이 잘 돌아가겠지?'라는 위험한 생각도 했다.

그 짓을 3년을 했다. 그리고 어느 날 지겨워졌다. 고민하고 걱정하는 게 지겨웠다. 지긋지긋해서 더 이상 고민할 수도, 걱정할 수도 없었다. 마치 인간에겐 평생 할 고민과 걱정의 양이 정해져 있는 것처럼. 3년 동안 그것들을 다 써버린 듯 걱정 없는 인간이 되어 있었다.

에라, 모르겠다. 될 대로 돼라!

그 무렵 연락이 뜸하던 아는 형으로부터 전화가 왔다.

"회사 한번 다녀볼 생각 없어? 편집 디자인 회사인데, 일은 배워가며 하면 되고. 돈은 많이 주지 못하지만 힘들진 않을 거야."

"콜!"

그 당시 나는 오랫동안 돈벌이를 안 했더니 자존감이 많이 낮아져 있었다. 좋은 말로 하면 겸손해진 거고.

누가 일을 준다고 하면 '아이고, 저 같은 놈에게 일을 주신

다굽쇼? 최선을 다하겠습니다요. 굽신굽신' 하고 달려갈 준비가 되어 있었달까. 그런 마음이 공백기를 끝내는 데 도움이 됐다. 진짜 하고 싶은 일을 찾기 전까진 아무 일이나 하지 않으려 했는데, 그랬다면 나는 지금쯤 굶어 죽지 않았을까? 겸손해져서 다행이다.

회사에 다니고 얼마 지나지 않아 한 출판사로부터 전화가 왔다.

"저, 인터넷에 올리신 그림책 보고 연락드리는데요……."

그렇게 나는 그림책을 내고 일러스트 일도 시작하게 됐다. 내가 노력해서 된 것들은 아니다. 고맙게도 그냥 운이 그렇게 흘러간 것이라고 생각한다. 내가 회사원이 되려고 혹은 그림 작가가 되려고 엄청 노력한 것은 아니니까. 일단은 내가 할 수 있는 밥벌이부터 하자고 생각하자 일어난 일들이었다. 마치 누군가 지켜보고 있다가 '이제 저 녀석 일할 준비가 된 것 같군' 하고 일을 준 느낌이었다. 아무튼.

나의 공백기는 그렇게 끝났다. 그리고 회사원과 그림 작가의 투잡 생활이 시작됐다. 그 두 가지 일은 나에게 모두 좋은 일이었다. 진짜 하고 싶었던 일은 아니었지만 많이 괴롭지 않았고, 재미도 있었고, 더 잘하고 싶은 욕심도 생겼다. 물론 돈이 빠질 수 없다. 그렇게 번 돈으로 독립도 하고, 맛있는 것도 사 먹고, 옷도 사 입고, 지금의 이 실험(?)도 하고 있다. 고맙다.

자신이 하고 싶은 일을 일찍 찾은 사람들이 있다. 그런 사람들을 보면 부럽다. 어쩜 저렇게 분명하게 하고 싶은 일이 있을까? 반면 나처럼 좋아하는 건 많지만 강렬하게 뭐가 하고 싶은지 모르는 사람들도 있다. 진짜 하고 싶은 일이 뭔지 모르겠다고? 괜찮다. 억지로 찾지 마라. 언젠간 찾아올 것이다. 어쩌면 안 찾아올 수도 혹은 너무 미세한 느낌이라 확신이 없을 수도 있다. 그래도 괜찮다. 대단하진 않아도 자신이 할 수 있는 일을 해나가다 보면 어디로 가야 할지 보이지 않을까? 이런 일은 싫다든지, 이런 쪽으로 더 해보고 싶다든지. 그럴 때마다 선택하며 나아가면 된다.

이왕이면 뜨거운 사랑을 하고 싶었다. 하지만 꼭 뜨겁지 않아도, 강렬하지 않아도 괜찮지 않을까? 각자의 방식대로 사랑(일)하면 되는 거니까.

우리 사회는 열정을 가진 사람을 참 좋아한다. 열정이라는 건 좋은 거니까. 이름만 들어도 가슴에서 뭔가 뜨끈한 게 느껴지는 기분이다.

무언가에 열렬한 애정을 가지고 열심인 사람을 싫어할 이는 없다. 내가 사장이어도 열정 있는 사람을 뽑고 싶을 것이다, 이왕이면. 그런데 열정이 '있으면 좋은 것'에서 당연히 '있어야 하는 것'이 되어가는 지금의 현실은 뭔가 좀 불편한 구석이 있다.

모두가 입을 모아 말한다. 열정을 가져야 한다고. 열정 없인 이룰 수 있는 게 없다고. 열정에 관한 명언과 책들, 그리고 죽은 열정도 다시 살려준다는 강연이 넘쳐난다.

회사는 어떤가. 회사는 사원들이 애사심을 가지고 일에 열정을 쏟길 바란다. 우리의 회사는 열정 없는 사람은 필요 없다고 말한다. 왜냐면 회사는 돈 때문에 일하는 사람 말고, 열정을 가지고 함께 성장해나가는 사람을 원하기 때문이다. 그래서 오늘도 우리는 열정을 '증명' 해야 한다. 야근으로 말이다. 정시에 퇴근하면 열정이 없는 거다. 그런데 회사는 성장하는데, 왜 나의 월급은 성장하지 못하는 걸까? 이런 쌍쌍바! 함께 성장한다고 하지 않았나?

세상이 열정을 강요하고 있다는 느낌을 지울 수가 없다. 열정이 안 보이면 불성실하다고 여긴다. 이처럼 열정이 당연한 세상이 되어버렸으니 열정을 가지지 못하면 불리하고 불안하다. 없는 열정을 만들어서라도 가지고 싶어진다. 수많은 '열정 콘텐츠'가 주목받는 이유다.

**"제 일에 열정이 없어서 걱정이에요."**

인터넷에서 심심치 않게 볼 수 있는 고민인데, 나는 이런 고민이 조금 이상하다고 생각한다. 뭐랄까, 눈앞에 좋아하지도 않는 사람을 앉혀놓고 "저는 왜 이 사람을 사랑하지 않는 거죠?"라고 묻는 것과 비슷하달까? 아무리 애를 써도 어떤 일에 열정이 생기지 않는다면 그 일을 좋아하지 않는 거다. 열정은 애정을 기반한다. 하기 싫은 일을 해야 하니 당연히 열정도 없다. 열정 콘텐츠로 반짝 의욕이 생길 수도 있지만, 약발은 그리 오래가지 않는다. 그리고 그렇게 강요로 만들어진 열정은 대개 남 좋은 일만 시키는 경우가 많다.

열정은 스스로 일어나는 것이지 절대 강요로 만들어질 수 없다. 열정은 사랑이다. 그 일을 사랑하는 것에서 열정은 시작된다. 물론 사랑하려고 노력하다 보면 사랑하는 마음이 생길 수도 있지만 별로 권하고 싶지 않다.

**내 생각에 열정은 없어도 괜찮을 것 같다. 열정 같은 거 없어도 우리는 일만 잘한다.**

정말 좋아서 하는 일도 있지만, 우리 대부분은 돈을 벌기 위해 일한다. 노동의 대가로 돈을 받는 것이다. 거기에 열정까지 요구하는 건 좀 너무하다 싶다. 안 생기는 열정을 억지로 만들려는 건 스트레스다. 없으면 없는 대로 그냥 하던 일을 하면 된다. 언젠가 열정은 저절로 생긴다. 지금 하는 일일 수도 있고, 다른 일일 수도 있다. 그런 일이 생기면 그때 열정을 쏟으면 된다.

열정이 생기는 일을 찾으면 또 다른 문제가 생긴다.

"돈은 많이 줄 수 없지만, 열정을 가지고 일할 좋은 기회가 될 거야. 아무래도 이 바닥은 경험이 자산이니까. 못 하겠다고? 넌 열정이 없는 거네."

'열정 페이'다. 돈을 안 주거나 최저 임금에도 못 미치는 돈으로 실컷 부려먹으려는 속셈이다. 속이 빤히 보이는 이야기지만 열정이 넘치는 사람들은 이런 말에 잘 속아 넘어간다. 아무래도 사랑은 눈을 멀게 만드니까. 더 좋아하는 쪽이 지는 게 사랑의 공식이니까.

세상은 우리에게 열정을 가지라고 강요하고 그 열정을 약점 잡아 이용하고 착취한다. 그래서 열정을 함부로 드러내는 건 위험하다. 이런 세상이라면 차라리 열정이 없는 편이 더 나을지도 모르겠다.

그럼에도 열정은 좋은 거다. 나를 위해 쓰기만 한다면 말이다. 내가 어떤 것에 열정을 쏟고 있다면 그 열정이 나를 위한 것인지, 남을 위한 것인지 잘 생각해볼 필요가 있다. 내가 알기론 열정이라는 것은 그렇게 자주 생기는 것도, 오래가는 것도 아니다. 열정을 막 쥐어짜내서도, 아무 데나 쏟아서도 안 되는 이유가 여기에 있다.

열정도 닳는다. 함부로 쓰다 보면 정말 써야 할 때 쓰지 못하게 된다. 언젠가는 열정을 쏟을 일이 찾아올 테고 그때를 위해서 열정을 아껴야 한다. 그러니까 억지로 열정을 가지려 애쓰지 말자.

그리고 내 열정은 내가 알아서 하게 가만 놔뒀으면 좋겠다. 강요하지 말고, 뺏어가지 좀 마라. 좀!

그거 당장 내려놔!
네 열정!

일본 젊은이들을 일컬어 '사토리 세대'라고 부른 적이 있었다. 사토리는 '깨달음, 득도'라는 뜻인데, 말 그대로 어떤 꿈이나 욕망 없이 현실에 만족하며 득도한 사람처럼 살아간다고 하여 붙여진 이름이다. 대한민국의 'N포 세대'와 비슷한 개념이지만 사토리 세대는 한걸음 더 나아가 자신들에겐 원래 욕망이 없다고 얘기한다. 그래서 불행하지 않다고. 아아, 이들은 과연 살아 있는 부처란 말인가.

> 꿈도 없고, 야망도 없다.
> 미래를 위해 현재를 희생하지 않는다(결혼, 자녀 생각 없음).

욕망을 줄이고 소비에 관심이 없다.

안분지족(安分知足).

장기 불황으로 체득한 무력감, 노력해도 나아지지 않는 현실. 꿈을 이루기 힘든 세상을 보고 자란 이들은 꿈을 꾸지 않게 된다. 희망이 없기 때문에 노력도 하지 않는다. 누구를 원망한다고 달라지는 건 없고 오히려 괴롭기만 하다는 걸 깨달은 이들은 자신의 상황에 만족하는 방법을 발명했다. 그런 사토리 세대를 긍정적으로 바라보는 시선도 있지만 곱지 않은 시선이 더 많은 것 같다.

"요즘 젊은것들은 너무 나약해."

"젊은이라면 꿈이 있어야지. 나라의 미래가 걱정된다니까."

"소비를 하지 않으면 경제가 나아지지 않는다고!"

이런 뉘앙스의 비난이 쏟아진다. 기성세대의 눈에는 그렇게 보일 수도 있다. 그들이 보기에 지금 젊은이들은 너무 쉽게 포기하는 것처럼 느껴져 안타까운 마음일 것이다. 하지만 그들의 시절과 지금은 완전히 다르다. 그리고 사토리 세대를 젊은 세대의 나약함 같은 것으로 치부해선 안 된다.

일본과 한국의 젊은이들이 '득도' 하고 '포기' 하게 된 이유는 사회 시스템이 제대로 작동하지 못했기 때문이다. 이런 현상을 젊은이들 개인의 노력이나 의지 문제로만 바라보는 것은 정말 무책임하고 손쉬운 해석이다.

사회가 개개인의 모든 인생을 책임져야 한다는 이야기가 아니다. 꿈을 꾸고 노력하면 이룰 수 있는 세상, 열심히 일하면 내 집 하나 정도는 마련할 수 있고 가정을 꾸릴 수 있는 세상이라면 어떤 사람이 꿈꾸지 않고 미래를 포기하겠느냐는 말이다. 노력이 통하지 않기 때문에 이 지경에 이르게 된 것이다. 그들의 꿈을 빼앗고 포기하게 만든 건 세상이다.

사토리 세대는 자신의 선택으로 득도의 길로 가게 된 것이 아니다. 선택할 것이 이것밖에 없어서다. 그야말로 '뜻밖의 무소유' 신세다.

희망 없이 살아간다는 건 어떤 기분일까. 희망이 없으면 죽음을 택할 수도 있지만, 그들은 사는 걸 택했다. 어쩌면 스스로 욕망이 없다고 자신을 속이면서까지 살고 싶었던 것은 아니었을까.

그들은 결코 인생을 포기한 것이 아니다. 그저 그렇게라도 인생을 살아내고 싶을 뿐이다.

꿈꾸는 게 무의미하고 노력이 무상해지는 어두운 현실에서도 꿈을 꾸고 그것을 이루는 멋진 사람은 있기 마련이다. 그들은 박수를 받을 만하다. 박수까진 좋은데 이런 이야기가 따라오는 게 문제다.

"봐, 저렇게 꿈을 이루는 사람이 있잖아. 세상 탓만 하지 말고 노력을 더 하라고, 노오력을!"

이쯤 되면 할 말이 없어진다. 도무지 말이 통하지 않는다. 아아, 저절로 득도할 것 같은 기분. 기성세대가, 우리 사회가 계속 개인의 탓으로만 돌린 채 잘못된 부분을 바로잡지 않는다면 한국의 젊은이들 역시 득도의 길을 걸을 수밖에 없을 것이다. 사토리 세대가 생겨난 현실은 안타깝지만, 나는 그들을 부정적으로도 긍정적으로도 생각하지 않는다. 그들은 살기 힘든 이 시대가 낳은 필연적인 현상이지, 좋다 나쁘다 판단할 대상이 아니다. 그러므로 섣불리 그들을 동정하거나 훈계하려 들어서는 안 된다.

운이 좋은 시대를 사는 세대가 있는 반면, 지금처럼 운이

희망이 있어 행복한 것이 아니라
행복하니 희망이 있는 것이니라.

없는 시대에 태어난 세대가 있기 마련이다. 그들은 자신이 살아야 할 힘든 시대를 자신들의 방식으로 어떻게든 애를 쓰며 살아내고 있다. 그래서 나는 그들에게 희망이 있다고 생각한다. 세상은 그들에게서 희망을 빼앗았지만, 그들 스스로 행복을 찾으며 살아가고 있으니 그들에게 맞는 희망이 바로 거기에 있다. 겉으로는 한심해 보일지라도 그들은 자신에게 주어진 삶과 치열하게 투쟁하고 있다. '득도'나 '포기'는 세상을 향한 그들의 자조 섞인 한탄이다. 그들이 자신을 비웃는다고 해서 기성세대가 같이 비웃어선 안 된다.

지금 밖엔 폭풍우가 몰아치고 있다. 폭풍우가 몰아쳐도 뛸 사람은 뛴다. 하지만 거기까지다. 폭풍우가 그치면 더 많은 사람이 뛸 수 있다. 개인들을 닦달해서 폭풍우 속을 뛰게 만들지 말고 폭풍우가 잦아들어 뛰기 좋은 세상을 만드는 게 먼저 아닐까?

# 노력의 종말

노력으로는 되지 않는 시대가 됐다. 그냥 노력 말고 '노오력'을 해야 한단다. 그런데 노오력을 하고 노오오력을 한다고 별로 달라질 것 없는 세상이다. 모두가 노력하는 세상에선 노력이 티가 나지 않는다. 모두가 노력하니 기준만 높아져서 더 힘들어진다. 흡사 트레드밀 위에서 달리는 기분. 달려도 달려도 제자리인 기분 말이다.

내가 아무리 노력해도 나보다 더 노력하는 사람은 있기 마련이고, 그 위에는 원래 '특출난 인간'들이 있기 마련이다. 예전엔 특출난 인간들을 노력으론 어찌해볼 수 없는 뛰어난 재능을 지닌 사람 정도로 해석했는데, 요즘엔 좀 다르게 해석한다. 바로 좋은 집안에서 태어난 자식들, '금수저'들이다.

금수저들과는 경쟁 자체가 성립되지 않는다. 출발선 자체가 다르기 때문이다. 시작부터 저만치 앞에 서 있는 사람과 경쟁이라니요? '수저 계급론'은 노력이 무상해지는 세상을 살아가는 '흙수저' 들의 한탄이다.

수저 계급론은 요즘 나온 단어지만 이런 불평등이 어제오늘의 이야기는 아니다. 10년 전에도, 20년 전에도, 30년 전에도 이런 일들은 늘 있었다. 모두가 알고 있지만 입 밖으로 내지 않았을 뿐. 그걸 입 밖으로 내는 순간 스스로 무너질 것을 알고 있기 때문이다. 타고난 운명에 지고 싶지 않은 인간의 눈물 나는 의지라고나 할까.

열심히 노력하면 달라질 거란 희망, 그 믿음 하나로 버텨온 세월이었다. 노력은 종교였다.

노력은 고마운 것이었고 확실히 효과도 있었다. 노력으로 자신의 타고난 환경을 이겨내는 사람들의 신화는 지금도 이어지고 있다. 그렇게 노력으로 성공한 사람들을 보며 '그래, 내 환경이 아니라 내 노력이 부족했던 거야'라며 모든 부족함을 자

허구한 날 노력이나 하고,
도대체 커서 뭐가 되려고
그러니?

신의 탓으로 돌리는 착한(?) 사람들. 그들이 바로 흙수저였다. 그러나 이제는 아니다. 자신을 탓하는 것도 지쳤다. 화가 난다. 더 노오력하라고? 내가 이 모양인 건 노력을 안 했기 때문이라고? 이건 모욕이다. 금수저는 노력해서 금수저가 됐더냐?

한동안 노력이라는 구호 아래 잘 굴러가는 듯 보였던 사회가 뒤틀리기 시작했다. 희망은 사라졌다. 수저 계급론이란 단어까지 등장해 답답함을 토로하는 까닭은 그만큼 부의 양극화가 심해지고, 노력이 통하지 않는 사회가 됐다는 방증이다.

이제 노력하라는 말로는 사람들을 움직일 수 없는 세상인데, 우리의 선배들은 더욱더 노력하라고만 하니 답답하다. '노오력'이라는 단어도 무작정 노력만 하라는 꼰대들의 잔소리를 비꼬는 의도로 생겨났다.

세상은 변했는데 그들은 세상이 어떻게 돌아가는지 읽지 못하고 과거의 가르침만을 준다. 어쩌면 그들도 마땅한 대안이 없기 때문일 것이다. 나 역시 그렇다. 노력이 잘 안 통하는 것을 느끼면서도 노력 말고는 딱히 할 게 없으니 노력을 멈출 수 없다. 내가 살아온 방식 말고는 아는 게 없으니 후배들에게 해줄 수 있는 말은 뻔하다. 아아, 꼰대는 이렇게 태어나는

구나.

좀 과격하게 들릴지 모르지만, 노력이라는 이데올로기는 실패했다. 그리고 우리는 다음을 준비하지 못했다. 이제 어떻게 살아야 하는 걸까? 우리는 과연 자녀들에게, 후배들에게 어떤 잔소리를 해줄 수 있을까? 요즘 젊은이들은 그저 노력만 하라는 잔소리에는 공감하지 못할 것이다. 나부터도 와닿지 않으니 말이다.

성공한 연예인들의 에피소드를 듣다 보면 공통점이 하나 있다. 그들의 부모는 모두 자식이 연예인이 되는 걸 격렬하게 반대했다는 것이다. 이런 이야기야 워낙 많아서 누구의 부모가 그랬다고 콕 집어 말할 것도 없다. 저 사람은 가수가 안 됐으면 어쩔 뻔했나 싶은 뛰어난 재능을 가진 가수의 부모도 반대를 했단다. 뭐 호적을 파버리느니 마느니 난리였다지.

연예인으로 성공한 자식을 보며 부모들은 지금 어떤 생각을 할까 궁금해진다. 아마 이런 생각을 하지 않을까?

'휴, 그때 우리 애가 내 말을 안 들어서 정말 다행이야.'

연예인에 국한된 이야기가 아니다. 대한민국에서 꿈을 꾸

려거든 먼저 용기와 반항심을 갖추어야한다. 제일 먼저 부모의 말부터 거슬러야 하니까. 불효자가 되지 않고서는 자신의 꿈을 시도조차 할 수 없다. 꿈을 꾸면 이런 불호령이 떨어진다.

**"쓸데없는 짓 하지 말고, 공부나 해!"**

공부 빼고는 다 쓸데없는 짓이다. 이런 분위기 속에서 아이들이 꿈을 꿀 수 있을까? 자신의 꿈이 뭔지 찾을 기회조차 박탈당한 채 공부에만 매달리는 학생들. 오로지 공부라는 한 가지 길만 제시하는 어른들. 공부는 좋은 것이다. 문제는 우리나라 교육 시스템이 오직 좋은 대학을 가기 위한 교육을 한다는 데 있다.

좋은 대학을 왜 가야 하냐고? 그래야 좋은 직장에 갈 수 있다고 하니까. 물론 요즘엔 좋은 대학만으로는 어림도 없다. 성적 외의 이런저런 스펙을 쌓아야 한다. 공부만 하다가 인생 끝날 판이다. 초중고 12년과 대학 4년, 플러스알파까지. 20년간의 공부와 스펙은 오로지 입사를 위한 것이다. 회사 밖에선 별로 쓸모가 없다. 우리는 철저하게 '회사 인간'으로 교육받는다. 그러니 어떻게든 회사에 들어가야 한다.

그런데 이게 웬일, 취업할 곳이 없단다. 간신히 일자리를 구한 이들도 고용 불안과 과도한 업무로 고통을 호소한다. 정말 이러려고 공부했나 싶다. 부모님이 말한 행복이 이런 거였을까?

청년실업 문제가 심각해지자 여기저기서 책임을 묻고 있다. 잘 알려진 대로 이건 누구 하나의 책임이 아니다. 정부, 교육, 기업, 부모, 사회에 공동으로 책임이 있다. 당사자인 개인에게도 책임이 있다. 너무 어른들 말을 잘 들은 죄. 용기 내서 반항하지 못한 죄. 자신의 인생을 남에게 맡겨버린 죄.

시대가 변했는데 여전히 교육은 변화를 따라가지 못하고 낡은 가치관을 강요한다. '꿈'이 아닌 '성공'을 가르치는 교육 말이다. 그런데 요즘 갑자기 태도를 싹 바꿔 젊은이들에게 꿈을 꾸라고 말한다. 마음껏 꿈을 펼치라고. 마치 한 가지 길밖에 없다는 듯 대기업과 공무원 시험에 매달리지 말고 자신의 꿈을 향해 나아가라고. 맞는 소리임에도 이 말이 공허하게 들리는 이유는 우리 사회가 꿈을 꾸고 이루는 것이 어려운 '정답 사회'이기 때문이다.

네 꿈을 펼쳐라. 마음껏 날아라.

우리 사회는 정답이 정해져 있다. 그 길로 안 가면 손가락질 받는다.

애초에 꿈을 꾸지 못하게 한 것도, 꿈을 꾸며 조금만 다른 길로 가려 하면 온갖 태클을 거는 것도 어른들이었다. 전반적인 사회 분위기가 그랬다. 이런 분위기에서 꿈을 꾸라니요? 꿈꾸지 말라고 할 때는 언제고 이제 와서 왜 꿈이 없냐니요?

그런 이유로 꿈을 가지라고 말하는 것이 조심스럽다. 대한민국에서 꿈을 꾼다는 게 어떤 것인지 알기 때문에……. 꿈을 가지라는 것이 '도전 정신'이라는 이름의 또 다른 '스펙'을 강요하는 건 아닐지 염려스럽다. 그래서 함부로 그 말을 못 하겠다.

마음껏 꿈을 펼치는 게 가능한 세상이 됐으면 좋겠다. 진심이다. 그리고 무엇보다 특별한 꿈이 없이도 행복하게 살 수 있는 세상을 꿈꿔본다.

# 빚 권하는 사회

**"월세 너무 아깝지 않아? 차라리 대출 받아서 집을 사. 월세는 그냥 버리는 돈이지만 대출은 갚으면 내 것이 되잖아."**

아아, 또 들었다. 이런 이야기를 한두 번 들은 게 아니다. 아마 나를 아끼는 사람이라면 내게 한 번씩은 이런 이야기를 했을 것이다. 곁에서 보기에 내 경제생활이 답답해 보이는 모양인데, 아무리 그래도 빚을 지라고 권하다니 대신 갚아줄 것도 아니면서……. 나는 빚을 지는 게 싫다.

월세가 아깝다고? 물론 적지 않은 돈이다. 가능하면 안 내고 싶다. 하지만 그럴 수 있나. 여행을 가면 하루 묵는 데도 수

십만 원의 호텔비를 내지 않는가. 집을 빌렸으면 당연히 렌털비를 내야 한다. 세상에 공짜는 없으니까. 말이 나왔으니 말인데, 뭐 은행은 돈을 공짜로 빌려준답니까? 이자가 있잖아요, 이자가. 이자는 안 아까워요?

"그건 네가 잘 몰라서 그래. 물론 다달이 이자를 내야 하지만 월세보단 싸. 절약이지. 그리고 집값이 오르면 거기서 오는 이익으로 이자는 충당하고도 남지. 대출 원금? 그건 걱정 안 해도 돼. 집값이 오르면 다 해결된다니까."

그래? 듣고 보니 이득이네. 누군가는, 아니 많은 이들이 이 방법으로 부를 축적했으리라. 이걸 알고도 이용하지 않으면 바보겠지? 슬프지만 빚을 지지 않으면 바보가 되는 세상이 됐다.

그런데 이렇게 간단하고 확실한데 '하우스 푸어'라는 단어는 왜 생긴 것이고, 어째서 수많은 집이 경매로 넘어가는 걸까? 그리고 미국의 모기지론 사태는? 이거 말이 안 되지 않나? "아, 그거? 물론 그런 일도 일어나지만, 너는 괜찮을 거야. 그러니까 대출 받으렴"이라는 건가? 이거 혹시 신종 대출 광고인가.

신용카드 회사에서 전화가 왔다. 자격 요건을 다 갖췄는데 왜 신용카드를 안 만드느냐고. 하나 만들어주겠단다. 나는 체크카드만 쓰니까 신용카드는 필요 없다고 했더니 이상한 사람 취급을 한다. 왜 이 좋은 혜택들을 가지지 않느냐며, 현명하지 못하다는 말까지 한다. 아아, 또 나를 바보 취급한다. 현명한 거 됐고요, 끊겠습니다.

나는 이 나이 먹도록 신용카드를 만들어본 적도, 사용해본 적도 없다. 특별한 이유가 있다기보다는 그 방식이 마음에 안 들어서다. 신용카드는 일단 빚을 지는 거다. 내 통장에 돈이 없어도 신용카드만 있으면 돈을 쓸 수 있다. 그리고 한 달 후에 내가 쓴 돈을 카드 회사에 갚는다. 나는 그 방식이 마음에 안 든다. 기간이 짧아서 의식하지 못하지만 그건 대출이다. 미래의 내가 벌 돈을 미리 당겨서 쓰는 것. 이래저래 나는 대출이 싫다.

누가 보면 내가 대출에 크게 데인 적이 있는 줄 알겠다. 사채에 손을 댔다가 장기를 하나 팔고, 새우잡이 배에서 노예생활도 하고. 다행히 그런 일은 없었다. 나도 내가 왜 이러는지 모르겠다. 그냥 빚을 지는 것이 싫다.

김미영 팀장님.
저 대출 필요 없어요.

**지금 당장 지불 능력이 없는데 누군가로부터 혹은 내 미래로부터 돈을 빌려 무리해서 무언가를 가지고 싶지 않다.**

'없으면 없는 대로 살자' 이게 내 신조다. 현재 내 분수에 맞는 소비를 하겠다는 생각이 그렇게 바보 같은 생각일까?

누군가는 이런 내 생각을 두고 전형적인 서민 마인드라고 비아냥거린다. 평생 그 모양 그 꼴로 살라며. 맞다. 나는 서민이다. 서민으로 태어났고 앞으로도 서민일 듯싶다. 대출까지 받아서 서민을 벗어나고 싶은 생각은 없다. 대출로 더 나은 생활을 한다는 것은 신분 상승이 아니라 자기기만 아닐까?

**집값이 비싸요. (걱정 마세요. 주택 담보 대출을 받으면 살 수 있습니다.)**
**대학 등록금이 너무 비싸요. (걱정 마세요. 학생들도 쉽게 학자금 대출을 받을 수 있습니다.)**
**물가가 너무 높아요. (걱정 마세요. 신용 등급만 좋다면 신용 대출을 받을 수 있습니다.)**

내가 원하는 대책은 이런 게 아니다. 돈을 빌려달라는 게 아니라 근본적인 대책을 원했는데, 그게 그렇게 어려운 일인가? 온 사회가 대출을 권하는 것 같다. 하루에도 여러 번 대출 광고 문자와 전화가 온다. TV를 틀면 대부업체 광고가 우리의 든든한 친구를 자처한다. 내가 아무리 대출이 싫다고 버텨도 결국 대출받을 수밖에 없는 세상이 되어가고 있는 느낌이다.

왜 이런 일들이 일어나는 걸까? EBS 다큐멘터리 〈자본주의〉를 통해 자본주의에서 돈이 만들어지는 과정에 관한 아주 충격적이고도 흥미로운 사실을 알게 됐다.

흔히 돈은 조폐공사가 만드는 줄 안다. 하지만 그건 극히 일부분으로, 대부분의 돈은 은행이 만든다. 예를 들어 내가 100원을 은행에 저금한다고 치자. 그럼 내 통장엔 100원이 찍힌다. 언제고 필요하면 찾을 수 있다. 자, 이제 은행은 그 100원에서 10퍼센트인 10원을 떼 금고에 넣어두고 나머지 90원을 A에게 대출해준다. A의 통장엔 90원이 찍힌다. A도 언제고 필요하면 90원을 찾을 수 있다. 혹시 이상한 점을 발견했는가?

실제로 은행에 예금된 돈은 100원인데, 내 통장의 100원과 A 통장의 90원을 합치면 190원이 된다. 은행이 90원을 만들어낸 것이다. 이게 가능한 이유는 '지급 준비금' 제도 때문이다. 은행은 지급 준비금으로 예금액의 10퍼센트(한국은 3.5퍼센트 내외)만 남겨두면 나머진 모두 대출할 수 있다. 모든 예금자가 한날한시에 예금한 돈 전부를 인출하는 일은 흔치 않을 테니 10퍼센트의 돈만으로도 돌려 막기가 가능하다는 데서 나온 꼼수다.

자, 이제 더 충격적인 예를 들어보겠다. 중앙 은행이 100억을 A 은행에 대출해준다. A 은행은 100억에서 지급 준비금 10퍼센트를 뗀 90억을 B 은행에 대출해준다. B 은행은 90억에서 10퍼센트를 떼고 81억을 C 은행에 대출해준다. C 은행은 81억에서 10퍼센트를 떼고……. 이런 식으로 할 수 있을 때까지 대출을 해주면 처음 100억은 1,000억까지 늘어난다. 맙소사. 실재하는 돈은 100억인데 시중엔 1,000억의 돈이 돌아다니게 된다. 이렇게 통화량은 늘어나고 돈의 가치는 떨어진다. 장기적으로 봤을 때 물가가 계속해서 오르는 이유가 여기에 있다.

은행은 대출을 통해 돈을 만든다. 단순히 이자 좀 받자고 대출을 하는 게 아니다. 돈을 만들어내는 게 목적이고, 그게 은행이 돈을 버는 방식이다. 실체가 없는 돈을 빌려주고, 반드시 돌려받는다. 이자까지 붙여서 말이다. 현대 자본주의는 이렇게 굴러간다. 그래서 이 다큐멘터리는 "돈은 빚이다"라고 정의하고 있다. 믿기 힘들겠지만 믿어야 한다. 설마 '교육방송'이 거짓말을 할 리 없지 않은가.

**우리 통화 시스템에 빚이 없으면 돈도 없습니다.**

_매리너 에클스 전(前) 연방준비은행(FRB) 의장

이제야 궁금증이 풀리는 것 같다. 왜 그렇게 사방에서 돈을 못 빌려줘서 안달인지. 그런데 왜 속이 시원해지지 않는 걸까? 오히려 가슴이 꽉 막힌 것처럼 답답하다. 알아서는 안 될 것을 알아버린 기분이다. 차라리 모르는 게 더 나았을지도 모르겠다.

내 바람과는 다르게 집값이 계속 오르는 이유도 대출로 집을 산 모든 이의 간절한 소망이 만들어낸 결과가 아닐까? 집값이 내려가면 그들 대부분은 큰 손해를 보게 될 것이다. 그러니 파산하지 않으려면 집값은 계속 올라야만 한다.

빚 위에 세워진 거대한 제국. 그 안에 우리가 살고 있다. 탐

욕스러운 금융은 어떻게든 우리가 대출을 받도록 몰아붙일 것이다. 더 혹독하게, 대출하지 않고선 버틸 수 없게 말이다. 실제로 그런 세상이 되어가고 있다. 내가 무너지는 것은 시간 문제다.

대출 없이 사는 삶은 불가능한 것일까? 아아, 나는 이제 어떻게 살아야 하는 걸까? 그냥 이것저것 따질 것 없이 대출 받고 이자 잘 내면 아무 문제가 없는 걸까? 바보가 된 기분이다.

## 우리의 소원은 부자

**"부자 되세요."**

지금은 덕담으로 흔히 건네는 말이지만, 한국 사람들이 원래부터 이런 인사말을 즐겨 사용했던 건 아니다. 그 광고가 있기 전까진.

때는 2000년대 초, 한 카드회사 광고에 유명 여배우가 나와 "여러분~ 모두 부자 되세요!"라고 외쳤다. 광고는 대박이 났다. 당시 대학생이었던 나의 기억에도 선명하다.

"부자 되세요"는 순식간에 전 국민의 유행어가 됐다. 너도나도 서로에게 "부자 되세요"라고 인사하며 금방이라도 그렇게 될지 모른다는 달콤한 꿈을 꿨다. 그 이후에 비슷한 인사로 "돈 많이 버세요"나 "대박 나세요"가 등장했다.

그 광고 이전에는 '부자'는 현실적인 단어가 아니었다. 부자는 타고나거나 자수성가한 몇몇 사람에게나 일어나는 일이지, 보통의 사람과는 상관없는 것으로 생각했다.

물론 잘 살고 싶은 욕망이야 있지만, 잘 살기 위한 조건은 각자의 가치관에 따라 다른 것이다. 잘 산다는 게 꼭 부자를 의미하진 않는다. 적어도 그 광고 이전까지는 말이다. 그러나 그 광고는 다양하고 모호했던 사람들의 목표를 오직 하나의 목표로 깔끔하게 정리해 제시했다. 부자. 부자가 돼라. 국민은 단순하고 명쾌한 목표에 열광했다.

1997년 IMF 외환위기를 겪은 이후, 대한민국은 경제적 혼란에 빠져 있었다. 많은 회사가 문을 닫았고, 많은 사람이 직장을 잃었으며, 많은 사람이 자살했던 시절이었다. 다행히 우리 집은 큰 타격을 입지 않았다. 우리 집은 IMF 이전에도 가난했고, IMF로 더 못 살게 됐어도 별로 티가 나지 않았다. 이거 좋은 건가? 아무튼.

IMF 이후 대한민국은 돈의 중요성을 그 어느 때보다 뼈저리게 느꼈다. 국가나 회사만 믿고 넋 놓고 있다간 큰일 난다는 위기의식이 퍼져 나갔다. 국민들은 불안해했다. 때마침 나온 '부자가 되자'는 목표는 이 모든 문제를 해결해줄 유일한 길처럼 보였다. 부자는 더는 나와 상관없는 이야기가 아니었다. 내 목표이자 우리의 목표였다.

이후 대한민국엔 '부자 되기 열풍'이 불었다. '나는 이렇게 부자가 됐다'는 무용담과 책들이 쏟아져나왔고, 실제로 부자가 된 사람들은 많은 사람의 부러움과 존경을 받았다. 그리고 부자들은 자신보다 돈이 없는 사람들을 자신의 아랫사람 정도로 생각하기 시작했다. 난 너희들보다 위야. 물질 만능주의 사회. 그렇게 우리는 현재에 이르렀다.

나도 부자가 되고 싶었다. 겉으로는 "나는 부자까진 바라지 않아. 그냥 돈 걱정 안 하고 살 정도로 벌었으면 좋겠어"라고 점잔을 떨었지만, 그 말이 결국 부자가 되고 싶다는 말이었다. 겉과는 다르게 속으로는 부자를 갈망하고 있었다.

가능하면 필요 이상의 많은 돈을 가지고 싶었다. 써도 써도 줄지 않을 돈을. 하지만 나는 부자가 되지 못했다. 나뿐만 아니라 서로 "부자 되세요"라고 응원해주던 국민 대부분이 부자가 되지 못했다. 목표를 이루지 못한 우리 대부분은 왠지 모를 패배감과 자괴감을 느끼며 살아가게 됐다.

처음엔 "부자 되세요"라는 말이 덕담이라고 생각했다. 돈 싫어하는 사람은 없고, 돈을 많이 벌어서 부자가 돼라는 말은 잘되라고 하는 말이지 저주는 아니니까. 그런데 한편으로 생각하면 "부자 되세요"는 강요처럼 들린다. "꼭 부자 되세요. 부자가 안 되면 비참해져요. 부자가 제일 좋은 거예요. 다른 것은 별로 가치가 없어요"라고.

오랜만에 만난 지인에게 요즘 에세이를 쓰고 있다는 말을 했더니 곧장 이런 질문이 날아왔다.

**"그거 하면 부자 되냐?"**

별 뜻 없이 건넨 말이었겠지만, 나에겐 이렇게 들렸다. "그거 돈은 많이 버냐? 많이 못 벌면 뭐하러 하냐? 그런 일은 아무 의미 없어"라고.

"에이, 이거 돈 못 벌어요. 그나저나 요즘 어떻게 지내세요?"

대충 얼버무렸지만 씁쓸한 기분이 드는 건 어쩔 수 없다. 하지만 그를 비난할 수는 없다. 나의 마음도 그와 크게 다르지 않기 때문이다. 우리는 모두 돈이 최고인 물질 만능주의 시대를 살고 있다.

흔히 돈은 수단이어야 하지 그 자체가 목적이 되어서는 안 된다고 말한다. 그러나 우리는 오랫동안 돈이 목적인 삶을 살아왔다. 부끄럽지만 나도 그중 하나였다. 나는 늘 돈을 많이 벌고 싶었기에 내가 '어떻게 살고 싶은지', '어떤 일을 하고 싶은지' 같은 가장 중요한 질문들은 제쳐두고 돈을 많이 벌 수 있는 길을 좇으며 살았다. 우선 돈부터 많이 벌면 나머지 문제들은 자연스럽게 해결될 거라고 믿었던 것이다.

'돈으로 안 되는 게 어디 있어?'
'돈만 있으면 하고 싶은 거 다 할 수 있는데…….'

이런 마음이었다. 뭐 좋다. 그런 생각으로 살아 돈을 많이 벌어 부자가 됐으면 다행이지만 그러지 못했다. 돈을 좇으며 살았지만, 돈은 좀처럼 내게 오지 않았다. 이제야 인정한다. 나는 돈 버는 능력은 좀 떨어지는 것 같다. 아, 나는 이제 어떻게 살아야 할까? '어떻게 하면 부자가 될까'만 생각하느라 정작 중요한 걸 놓치고 살아온 기분이다.

그래서 나는 부자 되기를 포기하기로 했다. 이제껏 애를 써봤는데 아무래도 부자 되기는 글렀다. 나는 여기까지. 날 두고 먼저들 가게.

## 이제부터는 부자를 못 하는 게 아니라 안 하는 거다.

나는 여전히 돈을 좋아하고 돈이 필요하지만 돈을 목적으로 살지는 않겠다. 돈이 목적이 아니면 이제 어떻게 살아야 할까? 어떤 일을 해야 할까? 어떤 사람이 되고 싶은 걸까? 수많은 질문에 답을 찾으려면 시간이 좀 걸릴 것 같다.

포기해야 비로소 보이는 것들이 있다. 그런데 포기하고 나니 아쉬운 마음이 드는 건 왜일까? 마치 조금만 더 노력하면 될 수 있었던 것처럼……. 그냥 부자가 될걸 그랬나? 아니다. 이제 안 해. 안 한다고. 정말이다!

휴~부자라도
됐으면 어쩔 뻔.
못된 것이 아니라
안된 것이니라

2

# '더' 말고
# '덜' 하며 살아보기

이상하다. 분명 펜을 꽉 쥐고 꿈꾸던 대로 잘 따라 그렸다고 생각했는데, 나는 왜 이런 모습이 되어 있는 걸까? 삐뚤빼뚤. 내가 꿈꾸던 모습과는 달라도 너무 다르다. 얼마나 잘 그리고 싶었는지 모른다. 그런데 이 모양이라니. 싹 다 지우고 다시 그릴 수도 없는 노릇이고, 아무래도 이번 생은 글렀나 보다.

그림을 그리다 보면 종종 손가락이 아프다. 나는 손가락이 왜 아픈지 알고 있다. 연필을 너무 세게 쥐어서다. 이건 나의 오랜 습관이다. 그림에 집중하다 보면 나도 모르게 연필을 세게 쥔다. 필요 이상으로.

그렇게 오랫동안 그림을 그리다 보면 손가락에 쥐가 나기도

조심 조심
꿈꿔왔던 내 모습을
그려보자!

왐마!
누구냐 넌

한다. 연필을 세게 쥐면 더 잘 그려지냐고? 천만의 말씀. 오히려 잘 안 그려진다. 선은 딱딱해지고 원하는 방향으로 잘 나아가지 않는다. 너무 꽉 눌러 그린 탓에 지우개로 지워도 연필선이 그대로 남는다. 잘 그리는 요령은 손에 힘을 빼는 것이다. 연필이 손에서 빠지지 않을 정도로만 가볍게 쥐고 그려야 더 잘 그려진다. 당연히 처음엔 가볍게 쥐고 시작하지만, 점점 손에 힘이 들어가는 건 절대 내 의지가 아니다. 나도 내가 왜 이러는지 모르겠다. 이러니 내가 그림을 못 그리는가 보다. 간단해 보이지만 힘을 빼고 그림을 그린다는 건 얼마나 어려운가.

잘하고 싶어서, 틀리고 싶지 않아서.

이런 마음 때문에 힘이 들어간다. 힘이 들어간다는 건 경직된다는 것, 유연하지 않다는 것, 자연스럽지 않다는 것, 욕심을 내고 있다는 것, 겁을 먹고 있다는 것이다.

뭐든지 힘이 들어가서 잘되는 걸 못 봤다. 그림도, 노래도, 운동도 어쩌면 인생도 그럴지 모르겠다. 너무 힘이 들어간 탓에 내 인생도 이렇게 삐뚤빼뚤해진 게 아닐까? 힘이 들어가니 힘이 드는 게 아닐까?

인생을 막 살고 싶은 사람은 없다. 인생 앞에선 누구나 진지해지기 마련이다. 잘 살고 싶어서 필사적이다. 이를 악물고, 두 손을 꽉 쥐니 저절로 힘이 들어간다. 힘을 주고 버티느라 어깨가 단단하게 뭉친다.

**우리는 힘을 빼고 살아본 적이 없다.**

힘을 빼면 넘어지고, 뒤처질까 봐 힘을 뺄 생각을 못 했다. 부끄럽지만 겁을 먹었다. 힘을 뺀다는 건 딱딱하지 않다는 것, 유연하다는 것, 자연스럽다는 것, 욕심을 내지 않는다는 것, 겁을 먹지 않는다는 것이다.

오랫동안 겁을 내며 살았는데, 이젠 겁낼 것이 없다. 어차피 망친 그림이니까(웃음). 그런 이유로, 젊을 땐 잘 안 되던 힘 빼기가 이제 조금은 될 것 같다. 호박에 줄 긋는다고 수박이 되는 것은 아니니 막 그려볼 생각이다. 가벼운 마음이면 된다. 내 인생을 대단하게 만들어보겠다는 욕심을 이제 조금 내려놓았다.

자, 우리 힘내지 말고 힘을 빼자. 뭉친 근육을 풀어 유연하게 만들자. 쉴 새 없이 날아드는 펀치를 가만히 서서 맞고만 있지 말고 가볍게 피해보자. 하고 싶은 게 있다면 겁내지 말고 한 걸음 내디뎌보자. 넘어져도 아무 일 없었다는 듯이 일어나 보자.

"괜찮아, 자연스러웠어." 그렇게…….

# 최선의 선택이라는 착각

청춘(青春).

사전에 청춘이라는 단어를 찾아보면 10대 후반에서 20대에 걸친, 인생의 젊은 나이라고 되어 있다. 요즘은 수명도 늘어났으니 30대까지는 청춘이라고 봐주는 것 같지만 40대라면 청춘이라 부르기 민망해진다. 맙소사, 그러고 보니 나는 청춘이 아니다. 내 청춘은 끝났다.

청춘이 끝나서 아쉽기도 하지만 한편으론 기쁘기도 하다. 그 이유는 청춘의 열병을 심하게 앓았기 때문이다. 모든 것이 불투명하고 어둡게만 보이던 시절, 그때는 하고 싶은 것과 현실적인 문제 사이에서 갈팡질팡. 방법도 모르고, 용기도 없고,

그저 삶에 끌려다니는 기분이었다. 치열하게 고민했지만 자주 화가 났다. 마음처럼 되지 않아서 참 많이도 앓았다. 몸은 늘 뜨거웠고 숨은 잘 쉬어지지 않는 시절이었다. 지금은 그때처럼 뜨겁지는 않다. 열이 많이 내렸다.

다행히 열이 내렸다고는 하지만 그 시절에 했던 고민과 불안은 여전하다. 앞날은 늘 불투명하고 현실의 문제들은 한 번도 사라진 적이 없으며 여전히 답도 용기도 없다. 나이가 들어도 삶에 끌려다니는 기분은 여전하다.

나이가 들면 고민도 덜하고 눈앞이 좀 뚜렷해질 줄 알았는데, 지금과 똑같다고? 청춘의 한복판에 서 있는 이가 이 글을 읽는다면 아마 절망할지도 모르겠다. 미안하다. 나도 환장하겠다.

수 년 전, 회사에 다니고 있었을 때의 이야기다. 당시 나는 퇴사를 해야 하나 말아야 하나를 두고 고민하고 있었다. 이상과 현실을 저울질하며 몇 날 며칠을 고민한 끝에 3년만 더 꾹 참고 일해보자고 마음을 단단히 먹었다. 3년 동안 열심히 저축해서 퇴사하자. 그때 프리랜서가 되어도 늦지 않아. 나는 3년 동안의 저축 계획을 세웠다. 안전한 미래를 위한 현명한 선택이라고 생각했다.

그리고 일주일 후, 회사가 없어졌다. 사장님이 직원들을 불러놓고 회사를 접어야겠다고 선언했다. 최근 매출도 감소했고 업계 전망도 안 좋고, 기타 여러 가지 이유로 폐업을 결정했다는 이야기였다. 아아, 내가 했던 고민은 도대체 뭐란 말인가. 내 현명한 선택과 3년 계획은 또 뭐고?

그때 내가 느낀 것은 인생은 내가 생각한 대로 되지 않을뿐더러 내가 아무리 고민해서 무언가를 선택해도 그 선택이 무의미해지는 순간들이 있다는 사실이었다. 마치 열심히 한 방향으로 노를 젓고 있는데 커다란 파도가 몰려와 나를 다른 곳으로 데려다놓은 기분이었다.

**우리는 인생을 원하는 방향으로 끌고 갈 수 있다고 믿지만,**
**한날 파도에 휩쓸리는 힘없는 존재일지도 모른다.**

물론 나는 운명론자는 아니다. 하지만 인생엔 내가 어찌하지 못하는 부분이 상당히 많다는 점에는 동의할 수밖에 없다. 짝사랑하는 이의 마음을 내가 어찌하지 못하는 것처럼 말이다.

청춘의 열병을 앓던 시절, 나는 내 선택에 따라 앞날이 완전히 달라질 거라는 믿음을 가지고 있었다. 그래서 매 선택에 신중했고 겁이 났다. 이 선택이 맞는 선택일까? 잘못된 선택이면 어쩌지? 잘못 선택하면 인생을 망칠 수도 있잖아. 최선의 선택, 후회 없는 선택을 해야 해. 물론 그런 생각이 완전히 틀린 것은 아니지만 모든 것이 나의 선택에 달려 있다는 생각은 참으로 오만한 생각이었다. 내가 아무리 이쪽으로 가려고 해도 큰 흐름이 나를 저쪽으로 데리고 가는 일이 더 많다. '내가 다른 선택을 했어도 결국 지금과 비슷한 모습이지 않을까'라는 생각이 드는 건 그런 이유에서다.

**계단의 시작과 끝을 다 보려고 하지 마라. 그냥 발을 내딛어라.**

_마틴 루터 킹

고민은 필요한 것이지만 분명한 답도 없고, 답을 얻었다 한들 그 방향대로 일이 잘 돌아가지도 않는다. 만약 잘 돌아가더라도 꼭 좋은 선택이라는 법도 없다. 내가 한 선택이 당장은 맞는 것 같아도 세월이 흘러 잘못된 결과를 낳기도 하고, 잘못된 선택이라 생각했던 것이 나중에 좋은 결과로 이어지기도 한다. 결과는 아무도 알 수 없는 것이다. 그러니 너무 자기 자신을 괴롭힐 필요는 없지 않을까?

인생의 모든 것을 통제하려 해서는 안 된다. 어차피 통제가 안 된다. 자칫 허무주의로 흐를 수 있는 이 사실 앞에 나는 묘하게 위로를 받는다. 아, 모든 게 내 탓은 아니구나. 그걸 미리 알았더라면 나를 덜 힘들게 했을까?

나이가 들어서도 고민과 불안함은 계속되지만 뜨겁게 열이 오르지 않는 이유는 내 힘으로 어찌할 수 없는 것까지 고민하지 않기 때문인지도 모른다. 그런 것까지 고민하기엔 내 체력이 버티지 못한다. 치열하게 고민하는 것도 젊을 때나 가능한 모양이다. 늙어서(?) 좋은 점도 있네. 응? 이거 좋은 거 맞아?

청춘의 열병은 지나갔다. 이젠 중년의 위기가 올 차례인가? 인생은 지루할 틈이 없다. 이런 열병!

아, 나이가 들어도 계속되는 이 여열병!

관두느냐, 남느냐 그것이 문제로다. 아무리 선택을 잘하는 사람일지라도 퇴사 문제 앞에선 햄릿처럼 결정 장애가 온다. 나 역시 단번에 회사를 관두고 나온 것처럼 보이지만 알게 모르게 오랫동안 고민했다. 역시 퇴사는 쉽지 않다.

사실 웃긴 이야기지만 입사한 순간부터 퇴사 고민은 시작된다. 아무리 좋은 회사라도 마찬가지다. 이쯤 되면 인간은 회사와 잘 안 맞는다고 봐야 하지 않을까? 안 맞아도 회사에 나간다. 그놈의 돈 때문에. 회사에 다니지 않고도 월급만큼의 수입이 생기는 대책이 있다면 고민할 필요도 없이 당장 사표를 낼 것이다. 내가 퇴사하고 싶은 걸 몇 년 동안이나 참았던 이유도 대책이 없어서였다. 대책을 고민해보지만 없던 대책이 어디서 갑자기 생겨날 리가 없다. 그래서 밤낮으로 고민만 한다. 이러지도 저러지도 못하고…….

그런 사람이 있다. 사귀던 연인과 이별하기 전에 반드시 다음 만날 상대를 확실히 해두고서 이별하는 사람. 이쪽이랑 이별하고 바로 이어서 준비해둔 저쪽이랑 연애를 시작한다. 만약 다음 상대가 정해지지 않으면 지금 연인이 싫어 죽겠어도 이별하지 않는다. 이걸 영리하다고 해야 하는지 아니면 비겁하다고 해야 하는지……. 어쩌면 퇴사에 임하는 우리의 마음도 이와 비슷하지 않을까?

누구나 퇴사 후 바로 안전하게 옮겨 탈 것이 준비돼 있지 않으면 퇴사를 주저하게 된다. 수입 공백기는 공포니까. 그러나 모든 게 딱딱 준비되어 있을 리 없으니 대부분의 퇴사는 안전장치 없이 뛰어내리는 모험에 가깝다. 그리고 안타깝게도 우리 대부분은 모험가로 길러지지 않았다. 그래서 오늘도 사표를 내지 못하고 고민만 한다. 이별하고 더 좋은 상대를 만날 수도 있고, 좀 못한 상대를 만날 수도 있다. 이 불확실성 때문에 고민은 더 깊어진다. 퇴사를 해? 말아?

지금 당장 그만두는 건 아무래도 손해인 것 같아. 조금 더 다녀보는 건 어때?
다른 사람은 다 그렇게 말해도 오빠는 좀 다를 줄 알았어요.
개 실망
좀 나답지 않았지? 하하. 그렇게 힘든데 뭘 고민해? 당장 그만둬. 그다음은 어떻게든 되겠지.
남 일이라고 너무 쉽게 얘기하는 거 아네요? 무책임하게...
내가 얼마나 어렵게 거기 들어갔는데...


그.. 그래. 내가 다 잘못했네.

그 어려운 걸 내가 해냈다. 그다지 모험가 스타일도 아닌 내가. 어차피 고민만 한다고 대책이 생기는 것도 아니고, 너무 오래 고민하다 보니 지쳤다고나 할까. 퇴사하지 않고는 끝나지 않을 테니 고민을 끝내기 위해 퇴사한 것이나 다름없었다. 물론 대책은 없다.

오랜 고민을 끝내고 퇴사를 한 소감은? 글쎄, 잘 모르겠다. 잘한 것 같기도 하고, 잘못한 것 같기도 하다. 솔직히 이야기하자면 '내가 왜 그렇게 힘들어했지? 꽤 괜찮은 회사였는데'라는 마음이다. 지금 내가 주로 하는(월급을 포기하면서까지) 이 에세이 쓰기도 회사를 다니면서 충분히 할 수 있었다. 지금 생각하면 그렇다는 이야기다. 그때는 그런 생각도 못 하고 회사 때문에 아무것도 못 한다고만 생각했다.

나처럼 그림을 그리고 글을 쓰는 작가들을 몇 알고 있다. 개인적인 친분이 있는 건 아니고 나 혼자 아는 거다. 그중 한 명은 회사를 다니며 밤에 시간을 쪼개 그림 에세이를 연재했는데, 반응이 좋아 출간 계약을 맺게 되면서 퇴사를 했다. 내가 생각하는 이상적인 퇴사다. 또 다른 작가는 마찬가지로 회사를 다니며 그림 에세이를 연재하고 책도 두 권이나 냈는데,

그후로도 여전히 회사를 다니고 있다. 이 정도면 리스펙트다. 어쩜 그렇게 균형을 잘 잡으며 두 가지 일을 해낼 수 있단 말인가. 물론 그들의 속사정은 알 수 없지만.

나는 왜 그렇게 하지 못했을까? 회사에 다니기 싫다고 징징대기만 했지 막상 시도조차 하지 않았다. 월급이라는 안전한 울타리 안에서라면 더 수월했을지도 모를 일이다. 물론 몸은 더 피곤해졌겠지만 말이다.

그러나 자책은 하지 않기로 한다. 나는 자기애가 강한 인간이므로 날 괴롭히고 싶지 않다. 그저 나는 회사를 다니며 시간을 쪼개 글을 쓸 만큼의 열정이 없었던 게 아닐까? 정말 하고 싶었다면 밤을 새워서라도 했겠지. 회사를 다니느라 못한다는 건 핑계였다. 그냥 회사를 다니기 싫었던 것이다. 대책이 없다고 한숨만 쉴 줄 알았지 대책을 만들 생각은 하지 못했다.

누군가는 자신의 열망을 잘 읽어내고 현재 상황을 조율해 대책을 세우기도 하지만, 나 같은 사람은 내가 뭘 원하는지 잘 모른다. 모르니까 조율도 잘 못한다.

**나는 끝을 내고 나서야 다른 게 보이는 그런 사람이다.**

아마 다시 퇴사 전으로 돌아가도 대책을 세우지는 못할 것이다. 회사를 다니는 게 힘들다고 징징대기나 하겠지. 내가 이렇게 생겨먹은 것도 내 팔자다.

아직도 내가 퇴사를 잘한 건지 잘못한 건지 모르겠다. 결론을 내기엔 아직 이르다. 좀 더 가봐야 알 것 같다. 몇 년이 흘러, 그때 퇴사하지 말걸 후회할지도 모른다. 그래도 어쩌겠는가. 이미 떠났고 돌아갈 곳은 없다. 이럴 땐 나이가 들어 좋다. 40대에 취직하는 게 쉽진 않을 테니 어떻게든 이 선택에서 대책을 잘 세우는 수밖에…….

한 가지 분명한 건, 영원히 회사에 다니는 사람은 없다는 것이다. 언젠가는 모두 퇴사를 한다. 나는 좀 빨리 그만둔 것뿐이다. 그렇게 생각하면 마음이 좀 가볍다.

퇴근하고 집에 돌아와서야 비로소 내 시간이 시작되는 것 같다. 아무래도 회사에 있는 시간은 내 시간이라는 생각이 들지 않는다. 해야 할 일로 가득하니까.

퇴근 후의 시간은 유난히 빠르게 흘러간다. 쳇, 회사에선 그렇게 더디게 가더니. 내일을 위해 잠들기까지 남은 시간은 서너 시간 정도. 느긋하게 행동했다간 아무것도 못 하고 바로 잠을 자야 한다. 무언가를 꼭 하고 싶었던 건 아니지만 뭐라도 해야 했다. 기껏해야 다운로드해둔 영화를 보거나 인터넷 쇼핑으로 필요하지도 않은 물건을 사는 게 전부였지만, 그것마저 안 하고 잠들면 왠지 억울하고 아까운 마음이 들었다.

그 시간마저 아무것도 안 하면 시키는 일만 하다가 하루가 끝나버리니까.

아, 벌써 자야 할 시간이네. 자기 싫어도 자야 해. 지금 자야 내일 일하러 가지. 그렇게 채워지지 않는 헛헛함을 안고 잠이 든다. 내 시간이 부족하다. 하고 싶은 게 많은데 시간이 없다.

지금은 퇴사했으니 내 시간이 많다. 하고 싶은 걸 다 해볼 수 있는 시간이 넘쳐난다. 자, 이제 뭘 해볼까? 하고 싶었던 걸 마음껏 해보자! 응? 이상하다. 분명 하고 싶은 게 많았던 것 같은데 막상 시간이 많아지니 하고 싶은 게 없다. 나 왜 이러는 걸까?

무엇이든 할 수 있는 자유,
아무것도 하지 않을 자유

한 리조트 회사의 유명한 광고 카피다. 그 카피를 처음 본 순간을 기억한다. 당시 나는 대학생이었는데, 저 문장을 읽자마자 당장 그곳으로 떠나고 싶은 강렬한 충동을 느꼈다. 아, 저곳에 가고 싶다. 하지만 돈도 없고 시간도 없다. 내 주제에 무슨……. 그렇게 씁쓸한 마음을 대충 주워 담았던 기억이 있다.

그런데 왜 그곳에 가고 싶었던 걸까? 여행을 좋아하지도 않으면서. 곰곰이 생각해보니 내 욕망을 부추긴 건 '아무것도 하지 않을 자유'라는 문장이었다. 사실 나는 리조트에 가고 싶은 게 아니었다. 나는 아무것도 하고 싶지 않았다. 매일 해야 할 의무로만 가득한 인생에서 벗어나고 싶었던 것이다. 하지만 그건 며칠 휴가를 내고 리조트에 간다고 해결될 것이 아니었다. 이런, 내가 정말 원하는 것도 모르고 리조트에 가고 싶다고 착각했다. 그러고 보면 누가 썼는지 카피 하나는 기가 막히게 썼다. 내 주머니를 터는 데 거의 성공할 뻔했으니 말이다.

지금도 그렇다. 그토록 내 시간을 원했던 이유는 무엇을 하고 싶어서가 아니라 아무것도 안 하고 싶어서였다. 그동안 뭐라도 하고 싶어 했으면서 아무것도 안 하고 싶다니 이제 와서 무슨 개떡 같은 소린가 싶겠지만, 나도 가끔 내 마음을 알 수가 없다.

**어쩌면 우리는 정말 원하는 걸 모르고 헛된 것들로 허기를 채우며 사는지도 모르겠다.**

대낮에 소파에 앉아 멍하니 있다 보면 어느새 날이 어둑해진다. 정말 아무것도 안 했는데 하루가 다 지나가버린다. 시간은 금이라는데, 예전 같으면 아까워서 뭐라도 했을 시간을 이렇게 막 쓰고 있다. 평생 낭비라는 것을 해본 적 없는 내가 마음껏 시간을 낭비하고 있다. 뭐니 뭐니 해도 낭비는 인생 낭비만 한 게 없다(웃음).

누구 하나 눈치 주지 않는다. 해야 할 일도 없다. 이렇게 아무것도 하지 않는 하루를 보내는 것이 얼마 만인가. 이런 하루를 보내고 나면 뭔가 충만한 기분이 든다. 하루를 온전히 나를 위해 쓴 것 같은 기분, 낭비가 아니라 무언가로 가득 채워지는 기분이다. 무언가를 해야만 의미 있는 시간이 아니다. 때론 아무것도 하지 않는 시간이 더 큰 의미가 있다. 나에겐 그런 시간이 필요했다.

영원히 이렇게 사는 건 좀 문제가 있다. 나 역시 영원히 아무것도 하지 않는 삶을 원하는 건 아니다. 단지 지금은 이러고 싶다. 조금만 더 채워질 때까지. 나는 방전됐던 모양이다. 끊임없이 무언가를 해야 했고 하려고 애쓰는 동안 다 써버린 에너지를 이렇게 아무것도 안 하면서 다시 채우고 있는지도 모르겠다.

AM 9:00

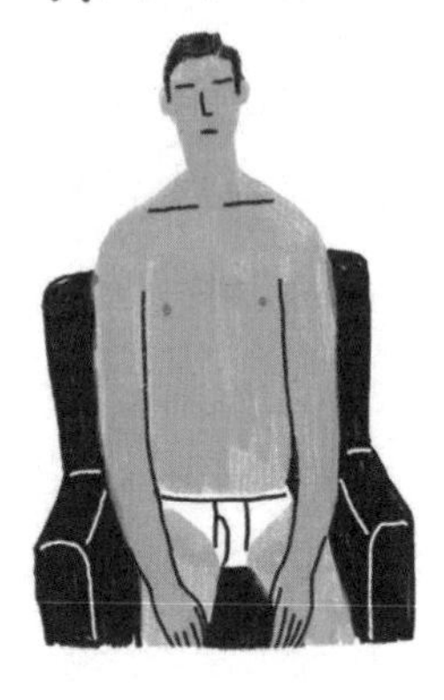

PM 2:00

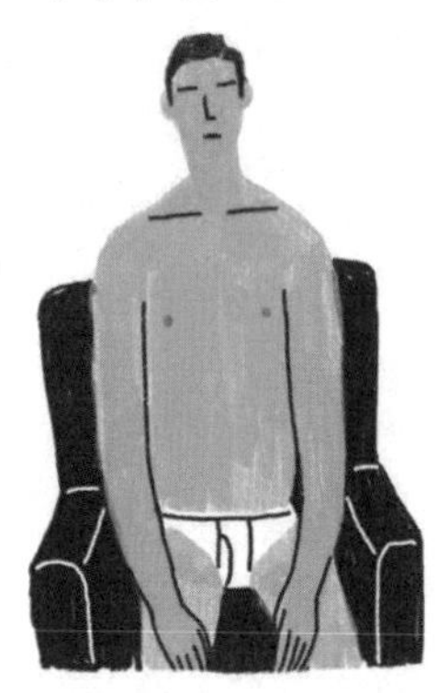

PM 7:00

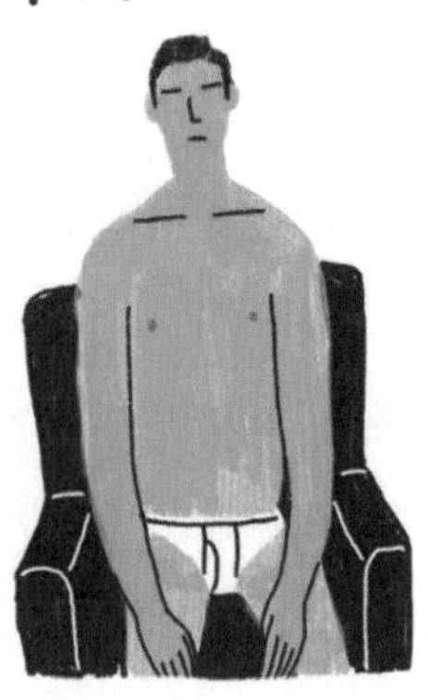

PM 11:00

아, 만족스러운 하루였다.

100%

'번아웃 증후군'이란 증상이 있다. 충분한 휴식 없이 너무 일에 몰두하다 보니 정신적 에너지를 다 소진해버려 무기력과 우울, 자기혐오 등에 빠지는 증상이다.

번아웃 상태까진 아닐지라도 우리 대부분은 에너지가 간당간당하다. 가끔 휴식을 위한 시간이 주어지지만 터무니없이 짧다. 당연히 귀한 휴식이니 함부로 쓸 수가 있나. 제대로 된 계획으로 제대로 된 휴식을 보내기 위해 우리는 또 애쓴다. 쉬는 동안에도 온전히 쉬지 못하는 것이다.

몇 년 전에도 완전히 에너지가 소진되어, 하던 일을 그만두고 자발적 백수가 됐던 경험이 있다. 푹 쉬면서 충전할 생각이었는데 충전이 잘 안 됐다. 아무것도 하지 않는 것은 낭비라 생각했기에 뭐라도 해야 했다. 뭘 했냐고? 고민했다. 그 긴 시간을 걱정과 고민으로 가득 채웠다. 그것을 노력이라 착각하면서. 결국, 마음을 편하게 갖지 못하면 시간이 아무리 많아도 휴식다운 휴식을 취하지 못한다.

인간은 뇌의 95퍼센트를 과거와 미래에 대한 생각으로 쓴다고 한다. 과거에 대한 후회와 미래에 대한 불안으로. 우리는 현재를 살지만 현재에 집중하지 못한다. 고작 5퍼센트의 뇌로 현재를 살고 있으니 금방 방전될 수밖에 없다. 방전된 우리에게 정말 필요한 것은 '더' 하는 게 아니라 '덜' 하는 게 아닐까? 걱정도 좀 덜하고, 노력도 좀 덜하고, 후회도 좀 덜하면 좋겠다. 그것이 방전되지 않는 지혜가 아닐까?

그럼, 다시 나는 아무것도 안 하러 가야겠다.

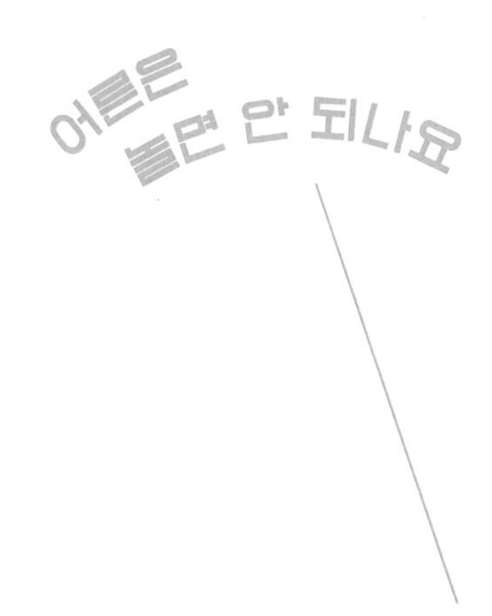


어른들은 노는 걸 싫어한다. 싫어하는 정도가 아니라 죄악시하는 것 같다. 그들은 '개미와 베짱이' 이야기를 들려주며 어린 나를 협박했다. 봤지? 노는 건 이렇게 나쁜 거야. 나는 겁을 먹었다. 그렇게 무서운 이야기는 들어본 적이 없다. 노는 대가가 베짱이처럼 빌어먹고 사는 거라니. 어느새 노는 것은 무의식에 죄악으로 자리 잡았다.

세월이 흘러 나는 어른 개미가 됐다. 열심히 곡식을 모았지만 그걸로는 집도 하나 살 수 없었고, 간신히 먹고사는 정도였다. 그래도 빌어먹지는 않으니 다행이라 생각했다. 빌어먹을 베짱이, 보고 있나?

맨날 노래만 부르던 베짱이는 자신이 가수가 되기에 부족하다는 걸 깨달았다(내 그럴 줄 알았다). 결국 베짱이는 자신이 작곡한 곡을 신인 걸그룹에게 줬는데 그게 대박이 난다(응? 이게 이렇게 돌아가면 안 되는데). 베짱이는 유명 작곡가가 됐다. '용감한 베짱이'라는 예명으로 여러 개의 히트곡을 발표했고, 저작권료만으로도 평생 놀고먹을 수 있게 됐다나. 얼마 전엔 부모님께 집을 사드렸다는 인터뷰 기사도 봤다. 고 녀석, 효잘세.

요즘 친구 일개미들과 만나면 술잔을 기울이며 이런 이야기를 나눈다.

"작곡을 배웠어야 해. 작곡을."

어릴 땐 어른들이 못 놀게 해서 못 놀았지만, 어른이 되면 조금은 선택권이 있을 줄 알았다. 그러나 어른이 되고 보니 어째 더 못 노는 것 같다. 누가 못 놀게 하는 것도 아닌데 못 논다. 이젠 어른이 된 내가 나 자신을 못 놀게 한다. 확실히 어른들은 노는 걸 싫어한다.

아니다. 사실은 어른들도 놀고 싶다. 너무 너무 너무 놀고 싶다. 김 대리도, 이 차장도, 최 부장도 놀고 싶다. 그런데 못 논다. 돈을 벌어야 하니까, 부양할 가족이 있으니까, 노후를 준비해야 하니까. 놀지 못하는 이유는 이렇게 차고 넘치지만 놀아야 할 이유는 어디에도 없다. 어른들은 적당한 명분이 없으면 하고 싶어도 안 한다. 아니, 못한다. 어른이란 참 솔직하지 못하다.

나라고 다르지 않다. 나 역시 놀고 싶었지만 놀아야 할 명분을 찾지 못해 계속 일개미로 살았다. 그러다 명분을 하나 찾았는데 그건 '일하지 않아도 될 만큼의 돈이 있다면'이었다.

그렇다. 그만큼의 돈을 벌면 마음껏 놀아도 된다. 열심히 일한다. 부지런히 저축한다. 그리고 많은 시간이 흘러 깨닫는다. 티끌은 모아도 티끌이구나. 나는 결국 놀지는 못하겠구나. 노인이 돼서 일하지 못하게 됐을 때야 놀겠구나. 종로에 있는 탑골공원에 앉아 비둘기 밥이나 주면서……. 아, 재미있겠다.

늙어서 놀면 무슨 소용인가. 나는 지금 놀고 싶은데. 내가 처음에 찾은 명분은 나에겐 너무 어려운 숙제였다. 미션 임파서블. 다른 명분이 필요했다.

사회생활을 하다 보면 좋은 걸 배우게 된다. 명분은 나중에 만들어도 된다는 것 말이다. 명분이 없어도 원하면 일을 꾸민다. 윗사람끼리 만나 술을 마시고, 사우나도 같이 가고. 뭐 그렇게 말을 맞춰놓고 남들 보기에 괜찮은 명분을 만들어서 내

세운다.

"이런이런 이유로 이 회사에 일을 맡기기로 했습니다. 명분이 확실하니 다들 불만 없죠?"

참 좋은 걸 배웠다. 어른들의 세계에선 명분이 이렇게나 중요하다. 아무튼.

욕망에 좀 솔직해질 필요가 있다. 놀고 싶으면 놀아야지. 명분은 그다음에 찾자. 그렇게 놀면서 찾은 두 번째 명분은 바로 '올바른 방향을 찾기 위한 잠깐의 방황'이었다. 명분이 좋다. 그래, 이 정도면 다른 사람들 보기에도 설득력이 있다. 누구나 한 번쯤은 '내가 어디로 가고 있는지'를 고민하니까.

**어쩌면 지금 내 방황의 이유는 모두, 놀기 위한 명분에 불과할지도 모른다.**
**나는 그냥 놀고 싶은 거다.**

참 대책 없는 어른이다. 여기서 잠깐, 이건 우리 엄마에겐 비밀이다. 내가 놀고 싶어서 회사를 그만둔 걸 엄마는 모른다. 그냥 회사 사정도 어려워지고, 그림 의뢰가 많아져서 그만둔 줄 알고 있다. 사실을 알면 분명 등짝 스매싱이 날아올 게 뻔

니캉 내캉 이제 어른 아이가?
이거보다 좋은 명분이 어디있노?

하다.

### "대체 언제 철들래? 얼른 취직 자리 알아봐!"

나는 일개미에서 베짱이가 됐다. 매일매일 노래를 부르며 산다. 사실 나는 언제나 베짱이가 되고 싶었다. 겁에 질려 개미가 된 것일 뿐. 이젠 겁내지 않는다. 아니, 조금은 겁이 난다. 그래도 베짱이가 좋다.

추운 겨울이 오면 어떡하냐고? 그때가 되면 작곡이라도 해볼까 싶다. 아니면 에세이라도 하나 써볼까? 제목은 '하마터면 개미처럼 살 뻔했다'가 좋겠다. 혹시 아나? 베스트셀러라도 돼서 놀고먹을 수 있을지.

하, 내가 책을 낸다고? 그런 일이 있을 리가 없잖아. 그냥 놀고 싶은 주제에. 베짱이답게 맥주나 마시자.

퇴사는 달콤하다. 길게 설명할 것도 없다. 매일 아침 알람 소리에 일어나 출근하지 않아도 된다. 끝! 그거면 설명이 끝난다.

월요병? 그게 뭔가요? 먹는 건가요? 일찍 일어날 필요가 없다. 더는 달력에 빨간 날이 며칠이나 되는지 체크하지 않는다.

싸게 나온 항공권을 발견했다고? 날짜를 확인할 필요 없이 그냥 사면 된다. 언제든 떠날 수 있으니까.

싫어도 봐야 했던 그 인간들? 안 봐도 된다. 이제 만나고 싶은 사람들만 만난다.

평일 낮에 돌아다니면 한가해서 좋다. 단, 그 시간에 일어날 수 있다면.(웃음)

얄라라라라
라라람
오전
7:00
Z Z
오늘은
회사가기
싫으네..
에이. 오늘은
안 갈란다.
후훗 커피나
마실까?
이거 해보고 싶어서
일찍 일어난 프리랜서.

**하루의 3분의 2를 자기 마음대로 쓰지 못하는 사람은 노예다.**

_니체

눈이 번쩍 뜨이는 달콤한 맛. 그 맛은 자유의 맛이다. 노예처럼 살아왔던 오욕과 치욕의 세월, 얼마나 이날을 기다렸던가. 나는 오랫동안 회사의 노예였다. 그리고 이제는 자유인이다. 그러나 이런 자유의 기쁨은 오래가지 않는다는 게 문제다. 처음엔 퇴사의 달콤함에 취해 마냥 좋지만 시간이 조금 지나면 알게 된다.

**달콤함만으론 살 수 없다는 걸, 자유가 밥 먹여주지는 않는다는 걸 말이다.**

그 사실을 깨닫는 순간 달콤했던 자유는 순식간에 맛이 변하고 만다. 불쾌한 불안의 맛. 그 맛이 느껴지면 뇌에선 괜히 퇴사했다는 후회가 마구 분비된다. 달콤함은 끝났다. 아아, 고작 이 짧은 달콤함을 즐기려 퇴사했던가. 이제 나는 회사의 노예가 아닌 불안의 노예다.

영화 〈쇼생크 탈출〉엔 '브룩스'라는 인물이 나온다. 젊은 시절 감옥에 들어와 50년 이상 장기 복역하고 이제는 호호 할아버지가 된 인물이다. 별다른 문제를 일으키지 않고 50년을 모범수로 살아온 브룩스. 그런 그가 동료의 목에 칼을 들이대고 난동을 부리는 사건이 일어나는데, 그 이유는 자신의 가석방 소식을 듣게 됐기 때문이다. 브룩스는 자신을 감옥에서 내쫓지 말라고 울부짖는다. 감옥에서 나가 자유의 몸이 된다는데 그는 전혀 기뻐하지 않는다. 오히려 두려워한다.

어쩌면 그의 두려움은 당연하다. 무려 50년이다. 감옥 안에선 어떻게 살아야 하는지 훤히 알지만, 바깥세상에선 어떻게 살아야 하는지 알지 못하는 그였다. 그건 평생을 동물원에서 나고 자란 호랑이에게 자유롭게 풀어줄 테니 산으로 가 사냥을 하며 살라는 것과 같다. 그것도 다 늙어서 사냥할 힘도 없는 호랑이에게 말이다. 산으로 간 호랑이는 오래 버티지 못하고 죽을 것이 뻔하다. 브룩스에게 출소는 바깥에 나가 죽으라는 소리나 다름없었다. 친구도 여기 감옥에 있고, 바깥엔 아무도 없다. 감옥이 곧 집이고, 감옥에서 지금처럼 살다가 죽는 것이 그의 소원이었다. 바깥은 자유가 아닌 공포 그 자체였다.

"이 철책은 웃기지. 처음엔 싫지만 차츰 익숙해지지. 그리고 세월이 지나면 벗어날 수 없어. 그게 길들여지는 거야."

출소한 브룩스는 아는 사람 하나 없고 너무도 변해버린 바깥세상에 적응하지 못하고 결국 자살을 택하고 만다. 길들여진다는 건 이렇게나 무섭다.

나는 브룩스가 된 기분이다. 이제 어떻게 살지? 한 달을 잘 버티면 돈을 받던 회사 생활에 너무 익숙해져 바깥세상에선 어떻게 돈을 벌고 살아야 하는지 모르겠다. 여기선 버틴다고 돈을 주지 않는다. 인정하기 싫지만 나는 노예 생활에 길들여졌다. 아아, 망했다. 이토록 불안한 자유라니. 나 자유인으로 계속 살아갈 수 있을까?

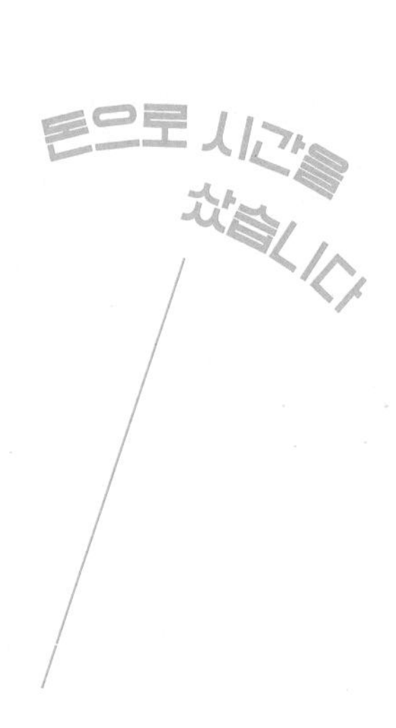


프리랜서, 어딘가로 출근하지 않아도 되는 삶.

물론 돈을 벌어야 하니까 일을 해야 하지만, 나처럼 부지런히 그림을 그려 홍보하지 않는 날라리 작가는 의뢰가 별로 없어서 돈 대신 자유로운 시간을 많이 얻는다. 응? 이거 좋은 거 맞나?

자유로운 시간이 많은 건 참 좋은데 문제는 언제나 돈이다. 회사에 다닐 땐 비록 쥐꼬리만 한 월급이라도 달마다 들어와 통장이 다시 채워지니 괜찮았는데, 프리랜서에겐 월급이 없다. 몇 개월씩 수입이 없어서 줄어드는 통장 잔액을 확인하며 한숨 쉬는 일이 잦아졌다. 늘지 않고 줄어드는 통장 잔액은 내 인생이 앞으로 나아가지 못하고 뒷걸음질 치고 있다는 느낌을 준다. 가끔은 인생이 잘못되어가고 있다는 기분까지 드는데, 어쩌다 통장의 숫자가 내 삶의 질을 가늠하는 지표가 되어버렸는지는 몰라도 아무튼 줄어드는 통장 잔액은 한 사람의 영혼을 뿌리째 흔들어놓기에 충분하다. 와아아! 줄어든다. 내 삶이 송두리째 흔들리고 있다. 망했다. 나는 불안하다 아아! 그렇다. 프리랜서의 삶은 불안하다. 아마도 이런 불안함 때문에 많은 사람이 회사를 그만두지 못하는 것이겠지. 나 역시 그랬으니까.

내가 다니던 회사는 비교적 자유로운 분위기의 회사였다. 일이 많을 땐 당연히 열심히 해야 하지만, 일이 없을 땐 놀아도 눈치를 주지 않았다. 출근을 안 해도 된다는 것은 아니고 사무실 안에서 뭘 하든 상관없었다는 이야기다.

한동안 회사에 일이 없던 시기가 있었는데 나는 그때 매일 의미 없이 컴퓨터를 바라보며 시간을 보냈다. 영화도 보고, 인터넷 쇼핑도 하고, 인터넷 유머를 다 훑어보아도 시간은 더럽게 안 갔다. 아, 밖에 나가서 자유롭게 돌아다니면 좋겠다. 그러나 나의 시간은 내 것이 아니고 회사의 것이구나. 마치 책상 앞에 앉아 있는 고문을 당하는 기분이었다.

그렇게 한 달이 지나고 월급이 입금됐다. 그 돈은 나의 자유와 맞바꾼 것이었다. 일의 양이나 질과는 상관없이 한 달 동안 자리를 지키면 똑같은 액수의 월급이 들어온다.

결국, 직장인들은 자신의 시간을 팔아 돈을 버는 게 아닐까?

누군가는 배부른 소리를 한다고, 편하게 돈을 벌었으니 큰 이득이라고 말할 수도 있겠지만 나에겐 커다란 답답함으로 느껴졌다. 그러면서도 월급을 포기하지 못하고 책상 앞에 묶여 있었다. 누가 나를 묶어놓은 게 아니라 내가 나를 구속하고 있다는 사실이 더 답답했다. 아아, 애증의 월급.

프리랜서가 된 지금은 자유로운 시간이 많다. 그러나 자유로운 시간을 누리기 위해선 비용이 든다. 내가 자유를 팔아 모아뒀던 돈을 고스란히 다시 자유를 사는 데 쓰고 있는 셈이니 참 아이러니하다.

그러고 보면 직장인들이 자신의 자유(시간)를 팔아 번 돈을 열심히 모으는 이유도 나중에 자유롭게 살고 싶어서가 아닌가. 결국, 그렇게 힘들게 모은 돈은 자유를 사는 데 다시 쓰이게 될 테니 지금의 내 상황과 크게 다르지는 않아 보인다.

이런 걸 생각하면 인생은 커다란 모순처럼 느껴진다. 이걸 누구에게 따져야 할지 모르겠다.

나는 월급과 이별했다. 가끔 그녀(월급)와 함께했던 추억들을 떠올리며 미소를 짓곤 하는데, 그럴 때면 그녀가 사무치게 그리울 때도 있다. 그녀가 주던 안정감. 하지만 그녀는 나를 너무 구속했다. 이미 헤어진 여자를 떠올리면 무엇 하랴. 지금 나에겐 새로운 애인이 생겼다. 그녀의 이름은 '자유'다. 가끔은 날 불안하게 만들지만 구속하지 않아서 좋다.

연애를 하려면 데이트 비용이 든다. 전 여자친구와의 연애에선 자유를 비용으로 냈고, 현 여자친구와의 연애에선 돈을 비용으로 낸다. 어떤 연애가 더 낫다고 단정 지어 말하기는 어렵다. 각각 장단점이 있다. 하지만 변하지 않는 진리는 현재 애인에게 잘해야 한다는 것이다. 그런 의미에서 더욱더 내가 가진 자유를 사랑해야겠다.

지금처럼 자유로운 시간을 가지면서 돈도 계속 들어왔으면 좋겠다는 생각은 어쩌면 욕심이다. 운 좋은 누군가는 둘 다 가질 수 있겠지만 나 같은 프롤레타리아 계급은 하나만 선택해야 한다.

월급, 너무 보고싶다.

프리랜서는 오늘도 웁니다.

**나는 돈과 자유 중에서 자유를 선택했다.**

월급을 포기하고 그만큼의 돈을 써가며 매달 자유를 산다. 내 돈 주고 산 자유니 당당하게 즐기지 못하면 돈이 아깝다. 그러니까 통장 잔액은 그만 확인하고 좀 놀아라! 불안해하지 말고! 정 불안하면 돈을 벌든가.

아직은 돈을 벌고 싶은 생각이 별로 없는 걸 보니 버틸 만한가 보다. 깔끔하게 정리가 됐다. 그럼 이제 자유를 마음껏 누려야겠다. 돈이 아깝지 않도록.

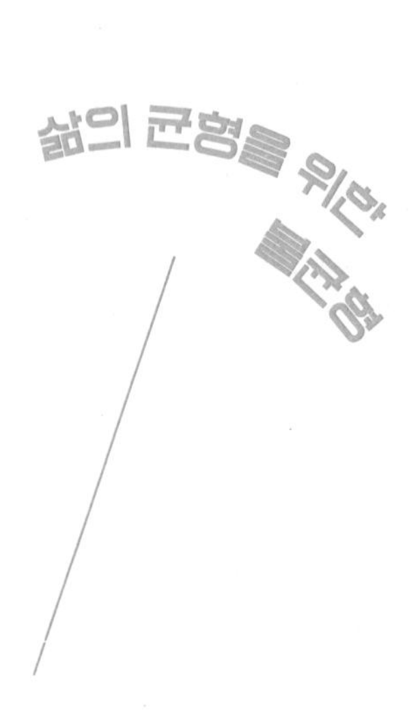


균형. 한쪽으로 기울거나 치우치지 아니하고 고른 상태. 나는 이 단어를 좋아한다. 아니, 동경한다. 늘 균형 잡힌 삶을 동경했다. 하지만 균형 잡힌 삶을 살기란 얼마나 어려운지……. 회사원의 삶도 그렇겠지만 프리랜서의 삶도 균형을 잃을 때가 많다.

예전에 어디선가 이런 이야기를 들은 기억이 있다. 동경하는 사람이 있다면 자신은 그와 정반대의 성향을 가진 사람일 거라고. 자신이 그런 사람이 아니라서 동경하는 것이라고.

같은 맥락에서 균형 잡힌 삶을 동경한다는 건 내가 균형 잡힌 사람이 아니라는 걸 의미한다. 나는 한쪽으로 치우친,

적당함이 없는, 극단적인 사람이다. 적당히 열심히 살면서 적당히 게으르게 살 수도 있는 것을 이렇게 극단적으로 '열심히 살지 않겠다'고 마음먹은 것만 봐도 알 수 있지 않은가. 하여간 중간이 없다, 중간이.

오랜 세월 꿋꿋이 한 가지 일에 매진하여 '장인'에 이른 사람들이 멋있어 보이고, 그들을 닮고 싶다고 생각했다. 그래서 장인처럼 한 가지 일에 매진하지 못하는 나 자신을 책망하며 괴롭히기 일쑤였다. 알고 보니 나는 장인과는 정반대로 싫증을 잘 내는 사람이었다. 노력해도 잘 안되는 이유가 있었다.

내가 금방 싫증을 느끼는 사람이라는 걸 이해한 후로는 장인처럼 되려는 헛된 노력을 멈추었다. 그건 본성을 거스르는 거니까. 대신 그런 내 성향을 잘 알기에 어떤 일에 싫증을 느낄 때 '또 싫증이냐? 조금만 더 해보자'라며 마음을 다독일 수 있게 됐다. 장인까진 못 되더라도 적당함을 찾았다고 할까.

사주팔자를 잘 믿지 않지만, 언젠가 내 사주에 불(火)이 많다는 이야기를 들었다. 많은 정도가 아니라 불로만 가득하다고 했다. 너무 뜨거워서 항상 갈증을 느끼고 자신을 못살게 괴롭히는 거란다. 그 이야기가 묘하게 위로가 됐다. 아, 나의 마음은 이렇게 치우쳤구나. 내가 그토록 괴로웠던 이유가 이거였을 수도 있겠구나. 신기하게 그 이야기를 들은 이후로 괴로움이 줄었다.

**자신의 치우침을 안다는 건 균형을 잡는 첫걸음이다.**

이제껏 이를 악물고 열심히 노력하며 살아왔는데, 그것 역시 한쪽으로 치우친 삶이었다. 그리고 이제 반대편으로 치우친, 노력하지 않는 삶을 시험하고 있다. 왼쪽과 오른쪽 끝 양극단을 오가는 치우친 불균형의 삶이지만, 양쪽을 다 경험하고 나면 균형을 맞추게 되지 않을까. 흔들리던 오뚝이가 바로 서듯이.

그렇다면 이 불균형은 옳다. 너무도 치우쳤던 이전 삶에 대한 균형을 맞추려면 이 정도 반작용은 있어야 힘의 균형이 맞을 것이다. 나는 균형을 찾아가고 있다.

우리의 삶은 시시각각 변하는 파도와 같다. 파도 위에서 넘어지지 않고 균형을 잘 잡으려면 꼿꼿해선 안 된다. 유연해야 한다. 힘을 빼고 이리저리 휘둘릴 각오를 해야 한다는 이야기다. 파도에 맞춰 무게중심을 이쪽에서 저쪽으로, 저쪽에서 이

불규칙한 생활, 불안정한 수입, 언제 들어올지 알 수 없는 일..

계획을 세우는 게 무의미하다고.

대신 언제 변할지 모르는 파도에

몸을 맡기고 균형을 잡는

유연함이 더 중요해!

쪽으로 쉴 새 없이 옮겨야 넘어지지 않는다. 그 모습을 멀리서 보면 마치 위태롭게 흔들리는 것처럼 보여도 자세히 보면 열심히 균형을 잡고 있는 것이다. 그러니 지금의 내 삶이 매우 불안해 보일지라도 너무 걱정할 것 없다. 이건 흔들리는 것이 아니라 파도를 타는 것이니까.

그런데 가만, 이제 슬슬 멈출 때도 됐는데……. 멀미가 날 것 같다. 어떻게 파도가 끝이 없냐. 아휴, 지겨워!

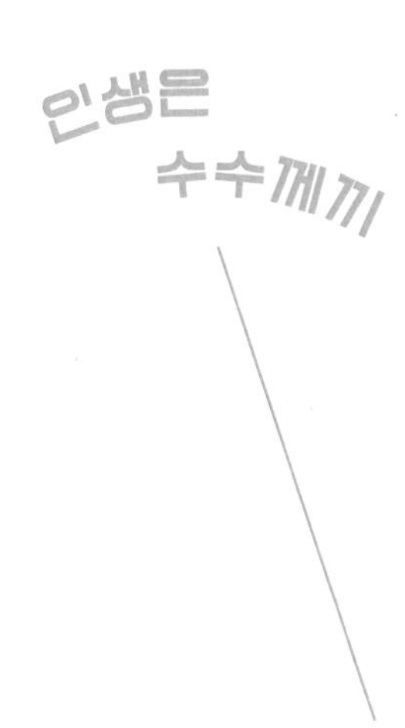

# 인생은 수수께끼

흔히 인생을 수수께끼에 비교하곤 한다. 우리 앞에 놓인 알 듯 말 듯한 문제를 풀어야 하는 것이 꼭 수수께끼를 닮았다. 저마다 정답을 찾으려 애를 쓰지만, 풀면 풀수록 더 미궁으로 빠지는 것 같다는 점이 이 수수께끼의 함정이다.

정답지가 있거나 답을 알려줄 사람이 있다면 한결 수월할 텐데, 그런 건 없다. 오로지 스스로 답을 찾아야 한다. 그리고 그 답이 맞는지 아닌지 확인해줄 사람도 없다. 응? 도대체 무슨 문제가 이따위야?

누군가는 답을 찾았다고 이야기한다. 나 역시 그랬다. 그러나 그것만으로는 인생의 모든 문제를 해결할 수 없다. 이게 답인가 싶다가도 이내 '이게 아닌가?' 하고 의심이 든다. 정말 정답이란 게 있다면 이렇게 수많은 사람이 저마다의 인생을 끌어안고 절절매지는 않았을 거다. 정답은 아직 나오지 않았다.

진작 눈치챈 사람들도 있겠지만, 인생에 정답 같은 게 있을 리 없다. 심지어 이 문제의 출제자는 처음부터 정답 따위는 만들어놓지도 않은 듯하다. 그런데도 우리는 계속해서 이 수수께끼를 풀고 있으니 환장할 노릇이다. 왜 이런 답도 없는 문제를 내고 풀게 한 걸까?

### 수수께끼의 본질은 재미에 있다.

그렇다. 재미있자고 던진 문제에 우리가 너무 죽자고 덤빈 건 아닐까? 답을 찾는 데만 집중하느라 문제를 푸는 재미를 잃어버린 건 아닐까? 수수께끼는 꼭 맞춰야 하는 게 아니다. 틀려도 재미있는 게 수수께끼 아니던가. 그리고 이 수수께끼는 어차피 정답이 없다.

오랜 시간 동안 나는 이 수수께끼를 심각하게 풀어왔다. "어이 이봐, 인생은 장난이 아니라고. 진지하게 살아야지" 같은 느낌이었달까? 냉혹한 현실만이 펼쳐져 있고, 나는 그것들

너무 걱정하지 마.
인생은 수수께끼랑 비슷해.
계속 풀다 보면…
풀다 보면?

이게 뭔가 싶지.
죽일까?

을 헤치고 나아가는 존재라는 생각이 지배적이었다. 그러다 보니 즐거워야 할 내 젊은 날들이 마냥 심각하게 지나가버렸다. 아이고, 아까워라.

재미있게 살고 싶지만, 인생이 어찌 즐겁기만 할까. 당연히 힘들고, 슬프고, 짜증 나고, 불안하고, 괴로운 일들이 수시로 찾아와 우리를 시험한다. 인생이 나에게 묻는다.

**"자, 이 문제를 어떻게 풀 건데?"**

이자벨 위페르가 주연한 영화 〈엘르〉를 봤다. 이 영화의 시작은 주인공인 '미셸'이 집에 침입한 괴한에게 강간을 당하는 끔찍한 장면으로 시작한다. 그러나 더 충격적인 것은 범인이 떠난 후에 그녀가 한 행동이었다. 그녀는 아무렇지 않은 듯 담담하게 옷을 추스르고, 부서진 그릇들을 치우고, 목욕을 한다. 그리고 일상적인 일을 하고 출근을 한다. 그녀의 태도는 너무도 평온하다(그렇다고 그녀의 고통과 피해가 가볍다는 것은 아니다).

그 사건 이후로도 미셸에겐 풀어야 할 수많은 문제가 들이닥친다. 그녀가 대표로 있는 회사 내부에선 누군가 그녀를 모욕하는 영상을 퍼뜨리고, 하나밖에 없는 조금 모자란(?) 아들은 애인에게 이용당하고, 감옥에 있는 그녀의 아버지 때문에 잊었던 과거의 상처들이 되살아난다. 그런 문제들에도 그녀는 담담하다. 다른 사람 같으면 울고 불고 난리가 났을 일인데, 어떻게 그럴 수 있는지 신기하기만 하다. 그런 그녀의 리액션이 이 영화를 끌고 가는 원동력이다. 그녀는 도대체 무슨 생각을 하고 있는 걸까? 그녀는 어떻게 이 수많은 문제를 해결해나갈 것인가? 궁금해서 계속 지켜보게 된다.

미셸은 울부짖거나 괴로워하지 않는다. 그렇다고 자신에게 일어난 일들을 수동적으로 받아들이는 인물은 아니다. 자신을 강간한 범인을 찾고, 당면한 문제들을 해결하려 능동적으로 행동한다. 하지만 문제에 매달리지는 않는다. 그녀는 그 문제들 때문에 결코 일상을 무너뜨리지 않는다. 어찌 보면 문제들을 그냥 내버려두는 것처럼 보이기도 한다. '급할 거 없어, 어떻게 되나 두고 보자'라는 식이다. 그런데 신기한 건 거의 모든 문제가 해결된다는 것이다.

이 영화에서 문제들이 해결되는 방식은 인상적이다. 주인공의 치열한 노력과 집념으로 문제들이 해결되는 일반적인 스릴러와는 달리 저절로 해결되는 것처럼 보인다. 주인공이 아무것도 하지 않았거나 아주 작은 일만 했는데 문제들이 살아 움직이듯 해결된다. 혹은 주인공이 의도했던 방향과는 다르게 일이 흘러가 해결되기도 한다. 그러나 이런 해결이 황당하거나 비현실적으로 느껴지지 않는다. 오히려 현실에 더 가깝다는 생각이 든다. 세상은, 인생은 절대 단순하지 않다. 나 혼자서 다 풀어낼 수준의 문제가 아니라는 이야기다. 미셸은 그 사실을 알고 있었던 걸까? 그녀의 초연한 태도는 거기서 나온 걸까?

가끔은 인생에 묻고 싶어진다. 왜 이렇게 끝도 없이 문제들을 던져주냐고. 풀어도 풀어도 끝이 없고, 답도 없다. 이쯤 되니 인생이 하나의 농담처럼 느껴진다. 정답 없는 수수께끼 같은 농담 말이다.

**농담을 걸어온다면 농담으로 받아쳐주자.**

심각할 필요 없다. 매번 진지할 필요도 없다. 답을 찾을 필요는 더더욱 없다. 농담을 못 받아치고 심각하게 대답하는 것처럼 센스 없게 살고 싶지 않다.

내 미래는 여전히 불안하고 현실은 궁상맞지만 과거처럼

비관적으로 반응하지 않겠다. 이건 '답'이 아니라 '리액션'이 중요한 시험이니까. 내 리액션은 괜찮은 걸까?

# 마음대로 안 되는 게 정상

**"아, 내 마음대로 되는 게 하나도 없네."**

우리는 늘 원하는 대로 되지 않아 괴로워한다. 노력을 안 했으면 모를까 나름 열심히 했건만 원하는 대로 되지 않아 더 괴롭다. 그런데 가만 생각해보면 원하는 대로 되지 않는 게 정상이다. 무슨 소리냐고?

자, 어떤 사람이 있는데 그 사람이 원하고 꿈꾸는 대로 모든 게 다 이루어진다고 생각해보자. 돈이 많으면 좋겠다고 생각하면 부자가 되고, 저 사람이 나를 좋아해주면 좋겠다고 생각하면 그 사람이 나를 좋아하고, 누가 죽었으면 좋겠다고 생각하면 누가 죽는다? 그런 능력을 두고 우리는 정상이라고 말하지 않는다. 그건 초능력이다.

**우리는 초능력자가 아니다. 원래 세상일은 내 마음대로 안 되는 게 정상이고 그게 자연스러운 것이다.**

그러나 우리는 그 사실을 까맣게 잊어버리고 내 마음대로 되지 않는다고 괴로워한다.

짐 캐리가 주연한 영화 〈브루스 올마이티〉에 이런 장면이 나온다. 휴가를 떠난 신(神)을 대신해 전지전능한 능력을 가지게 된 브루스. 사람들의 소원을 일일이 읽기 귀찮았던 브루스는 모든 사람의 소원을 들어주기로 한다. 모든 사람의 소원이 이루어지면 모두가 행복하지 않겠냐는 단순한 생각에서 말이다.

그 결과, 세상은 하루아침에 혼란에 빠지고 아수라장이 된다. 수십만 명의 사람이 동시에 복권 1등에 당첨되고, 1등 당첨금이 고작 17달러인 것에 분노한 사람들이 폭동을 일으켜 도시는 마비가 된다.

그뿐일까? 영화엔 나오지 않았지만 연쇄살인마는 더 많은 사람을 죽일 수 있게 도와달라고 기도했을 테고, 기업 사장은 직원들에게 돈을 조금 주고 일을 더 많이 시킬 수 있게 해달라고 빌었을 테고, 수많은 수험생은 합격을, 철없는 학생들은 학교에 불이 나서 등교하지 않길 간절히 소망했을 테니 이게 다 이뤄지면 재앙도 이런 재앙이 없다.

이걸 보면 모든 사람의 소원이 이루어질 수도 없지만 이루어져서도 안 된다는 생각이 번쩍 든다. 세계의 평화를 위해서라도 그런 일은 없어야 한다. 눈치챈 사람도 있겠지만, 내가 이 모양 이 꼴인 건 다 세계 평화를 위해서라고나 할까. 노벨평화상을 준다면 기쁘게 받겠다.

인생이, 주변 사람들이, 세상이, 모든 게 내 마음대로 안 돼서 힘들다고 불평하는 사람이 곁에 있다면 분명 그 사람을 욕심쟁이라고 생각할 것이다. 어떻게 다 자기가 원하는 대로만 되기를 바라느냐고 속으로 욕을 하겠지. 그런데 내가 그러고 있다.

인정하고 싶진 않지만 나는 너무 욕심을 부리고 있는 건지도 모르겠다. 왜 나는 가난한 부모에게서 태어났을까? 왜 나는 이렇게 생긴 걸까? 왜 나는 이렇게 능력이 없는 걸까? 왜 나는……. 따지고 보니 내가 원하는 대로 된 건 거의 없다.

어쩌면 내가 선택할 수 있고 이룰 수 있는 건 거의 없는 게 인생인지도 모르겠다. 하지만 그렇다고 삶이 잘못되어가고 있는 건 아니다. 우리의 삶은 지극히 정상이다. 원하는 대로 다 되지 않는 게 정상이다. 괴로워할 이유는 하나도 없다.

뭐야, 괜히 속상했잖아. 흥.

묘하게 위로가 되었습니다...

# 우아한 헛걸음

"주말에 여자친구랑 뭐 하면서 놀아?"

응? 그런 게 왜 궁금한 걸까? 뭔가 특별한 대답을 원하는 듯한 눈빛, 부담스럽다.

"밥 먹고, 커피 마시고, 이야기하고. 그게 다죠 뭐."

상대가 원하는 대답은 이런 게 아니겠지만 달리 해줄 말이 없다. 남들도 다 비슷하지 않나? 가끔은 특별한 이벤트나 활동을 하겠지만 보통은 이러고 논다. 뭔가 색다른 데이트 계획이 필요한 걸까? 사랑하는 사람만 옆에 있다면 그걸로 충분한 거 아닌가?(웃음)

데이트 코스를 짜오지 않는 남자친구 때문에 화가 난다는 사연을 어디선가 읽은 적이 있다. 여기에서 점심을 먹고, 저기로 이동해서 무언가를 한 후, 거기에도 잠깐 들러서 구경 좀 하고, 저녁엔 그 유명한 레스토랑에서 디너를 즐기는 완벽한 데이트 코스. 마치 식순이 정해진 행사 같다. 이런 데이트가 짜임새 있고 알찰지는 모르겠지만, 남자가 그런 데이트 코스를 짜와도 여자는 왠지 화를 낼 것만 같다.

"이렇게밖에 못 짜와? 뭐 좀 특별한 거 없어? 다시 해!"

코스의 심판관이자 최종 컨펌자. 내 여자친구가 이런 분이 아니라 정말 다행이다. 그런 연애는 오래전에 졸업했다.

여자친구와 나의 데이트는 대부분 무계획이다. 일단 집 밖으로 나간다. 그날 기분에 따라 갈 동네를 정한다. 여자친구가 가보고 싶어 했던 카페나 식당이 있다면 자연스럽게 그 동네로 정해진다.

동네에 도착하면 먼저 어딘가로 들어간다. 밥을 먹거나 배가 고프지 않다면 커피를 마시러 간다. 체력이 예전 같지 않다. 이동하는 것만으로 피로해지는 나이가 됐으니 우선은 쉬면서 피로를 풀어줘야 한다. 그렇게 앉아서 무언가를 먹으며 수다를 떤다. 가게 분위기가 독특하다는 둥 여긴 밑반찬이 맛있는 걸 보니 분명 음식도 아주 맛있을 것 같다는 둥. 주로 쓸데없는 이야기들이다.

배도 채우고 피로가 좀 풀리면 밖으로 나와서 동네 산책을 한다. 산책이라고는 하지만 헤매는 것에 가깝다. 목적지도 없고 하고 싶은 것도 없다. 그냥 무작정 여기저기 헤매며 돌아다닌다. 그러다 흥미를 끄는 가게가 있으면 들어가보기도 하고, 독특한 분위기를 발견하면 그 앞에 서서 이런저런 이야기를 나눈다. 옛날에 내가 살던 동네도 이런 분위기였다는 둥 이 건물은 깨끗하게 칠하면 정말 예쁠 것 같다는 둥. 역시 쓸데없는 이야기들이다.

날씨가 좋으면 산책이 훨씬 즐겁다. 바깥에 있다는 이유만으로 기분이 좋아진다. 이런 날은 안 걸을 수가 없다.

"이쪽으로 가볼까?"

자주 동네 산책을 하다 보면 감각적으로 어디로 가야 하는지 알게 된다. 뒷골목이다. 큰길보다는 인적이 드문 뒷골목으로 들어가야 재미난 것들이 많다. 뒷골목을 헤매다 보면 막다른 길을 만나 되돌아 나오기도 하고, 이야기에 정신이 팔려 멀리 옆 동네까지 걸어가기도 한다. 당황할 필요는 없다. 어차피 정해진 목적지는 없으니까.

옆 동네는 분위기가 조금 달라 더 재미있다. 그러다 좋은 분위기의 술집을 발견하는 행운도 얻는다. 여기에 이런 술집이? 마침 다리도 아프던 차에 무작정 들어가본다. 가게 분위기며 맛있는 안주며 마음에 쏙 들어 스마트폰으로 검색해보니 이미 유명한 맛집이란다. 우린 어쩜 이리 감각적으로 맛집을 알아보는 거냐며 자화자찬이 이어진다. "여기요!" 술을 더 시키지 않을 수 없는 저녁이다. 쓸데없는 이야기들과 쓸데없는 짓들로 오늘 하루도 자알 놀았다.

만화 《우연한 산보》의 주인공은 낯선 동네를 어슬렁거리는 걸 즐기는 인물이다. 외근을 나갔다가 볼일을 마치고 그 주변을 둘러보는 식이다. 그러다 종종 길을 잃고 어딘지 모를 곳에 이르기도 하는데, 그럴 때 그는 이렇게 말한다.

**"역시 난 산책의 천재야. TV나 잡지에 나온 곳을 찾아가는 산책은 산책이 아니다. 이상적인 산책은 '태평한 미아'라고나 할까."**

_《우연한 산보》 중에서

정말 태평한 양반이다. 그런 태평함을 지켜보는 게 이 만화의 매력이다. 읽다 보면 나도 마구 길을 잃고 헤매고 싶어진다. 이런 태평함이라면 어느 동네, 어느 여행지에서도 즐거울 것 같다. 너무 분명한 목표와 목적이 있다는 건 '성취'의 영역이지 '재미'의 영역이 아니다. 보라, 목표를 향해 낭비 없이 일직선으로 달려가 값을 치르고 물건을 사는 남자의 쇼핑은 효율적이지만 얼마나 재미없는가. 반면 여자의 쇼핑은 여기저기 들쑤시고 다니다가 원래의 목적도 잊고 마는 무아지경의 재미가 있다.

**우연한 즐거움으로 가득한 목적 없는 헛걸음.**
**이런 게 삶을 풍요롭게 만들어주는 재미가 아닐까?**

철저하게 여행 계획을 짜서 해외여행을 갔다가 자기 계획대로 여행이 잘 안 풀리자 중간에 포기하고 돌아온 사람을 알고 있다. 15분 간격으로 온다는 버스가 한 시간을 기다려도 오지 않고, 길을 잃어 한참을 헤매다 힘들게 도착한 식당은 폐업했고. 그런 일들은 여행지에서 늘 일어난다. 그런데 그걸 못 견디고 돌아왔다니 안타깝다. 그러고 보면 예기치 못한 상황에 유연하게 대처할 줄 아는 건 얼마나 멋진 일인가.

산책이란 우아한 헛걸음이다

- 만화 '우연한 산보' 중에서 -

여행은 계획을 이행하러 떠나는 미션이 아니다. 계획은 그냥 계획일 뿐 그대로 될 리도 없고, 그대로 안 된다고 낙담할 필요도 없다. 언제나 계획은 필요한 것이지만 계획에 얽매이는 것은 의무감, 그 이상도 이하도 아니다.

여행을 떠나기 전 챙겨야 하는 준비물은 계획표가 아니라 '태평함'이 아닐까? 비즈니스도 아니고 놀러 가는 건데 태평하지 못할 이유는 없다. 데이트도, 산책도, 여행도, 가능하면 인생도.

목적 없이 우아한 헛걸음으로…….

즐거움은 그럴 때 찾아오는 것이 아닐까?

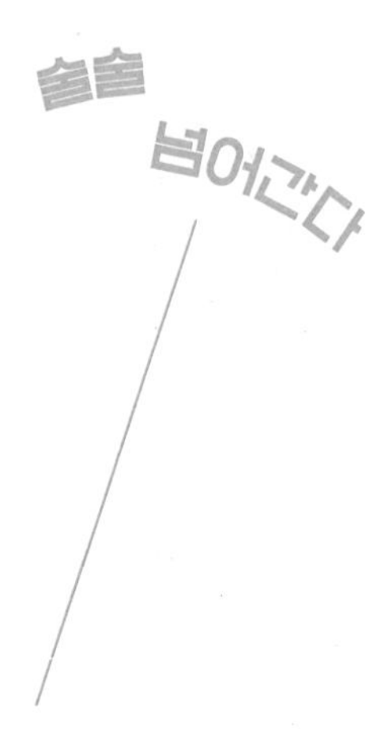


**왜 중년에 접어들면 배가 나오는 걸까. 이건 분명 무언가에 대한 천벌이다.**

_《낮의 목욕탕과 술》 중에서

특별한 노력 없이도 오랫동안 일정한 몸무게를 유지해오던 나였다. 근육질의 멋진 몸은 아니었지만 제법 늘씬한 몸을 가지고 있었는데, 그런 나도 마흔이 가까워지자 몸이 변하기 시작했다. 조금씩 살이 붙는가 싶더니 어느새 천벌을 받고 말았다. 아아, 이제 나도 중년이구나. 몸이 말해주고 있었다.

나는 이것이 무엇에 대한 천벌인지 알고 있다. 바로 술이다. 특히 맥주. 작년 겨울부터 맥주를 좀 많이 마신 것이 화근이었다. 막 퇴사한 직후라 시간도 많고, 기분도 좋고 이래저래 한 잔 하지 않을 수 없는 분위기였달까. 특히 밝은 대낮에 마시는 맥주란…….

낮술은 묘한 해방감과 자유를 느끼게 한다. 예전 같으면 사무실에 갇혀서 일하고 있을 시간인데, 이렇게 맥주를 홀짝이고 있다니 행복하다. 그래서 맥주를 파는 카페를 만나면 그렇게 반가울 수가 없다. 커피를 마시러 카페에 들어갔다가 맥주를 파는 것이 보이면 '이 카페, 제대로군' 하고 멋대로 평가한다. 그런 배려가 고맙다. 카페의 밝고 좋은 분위기에서 맥주를 마실 기회를 줘서. 흔한 기회가 아니므로 커피는 다음에 마시기로 하고 맥주를 시킨다. 취해서 난동 부리지 않고 조용히 마시다 가겠습니다.

볕이 잘 드는 창가에 자리를 잡고 맥주를 마시며 길거리의 사람들을 바라보고 있노라면 행복이 별건가 싶다. 이런, 누가 보면 정말 술꾼인 줄 알겠다. 술을 자주 즐기지만 술맛을 아는 술꾼이라고 하기엔 조금 부끄럽다.

술자리에서 나는 술보다는 안주발을 세우는 타입이다. 진짜 술꾼들이야 안주 없이도 술 몇 병은 우습게 해치우지만, 나는 안주 없인 술을 잘 안 마신다. 사실 음식이 주인공이다.

오늘도 기분 좋아 한잔했습니다.
딱히 술을 좋아하는 건 아니고요.

술은 맛있는 음식을 더 맛있게 즐기기 위한 조연인 셈이다.

기름이 좔좔 흐르는 페퍼로니 피자엔 씁쓸한 IPA 맥주, 오뎅이 들어간 뜨끈한 우동엔 따뜻하게 데운 사케, 바삭하게 잘 부쳐진 김치전엔 막걸리가 절로 생각난다. 소주는 잘 안 마신다. 못 마시는 건 아니지만, 소주는 위험한 술이다. 소주 때문에 고생한 기억이 많다. 소주는 도무지 '간단하게'라는 말과는 어울리지 않는 술이다. 반드시 취하게 되어 있고, 취하려고 마시는, 끝까지 가게 하는 술이다. 요즘 나는 취하는 게 별로다.

어릴 때 술자리는 무조건 소주였다. 대부분 술자리는 직장(나의 첫 직장인 미술학원) 회식이나 몇몇 선생님들끼리 가지는 소소한 술자리였고, 내가 주종을 고를 처지가 아니었기에(얻어먹는 주제에) 주는 대로 소주를 마셨다. 못 먹는다고 빼는 성격도 아니고, 의외로 잘 마시고, 이래저래 힘든 시절이기도 해서 소주가 술술 들어갔다.

2차, 3차는 기본이었다. 취했나 싶다가도 화장실에서 속을 게우고 나면 다시 마실 수 있을 만큼 체력도 좋았던 시절이었다. 그렇게 달리다 보면 술자리 막판엔 모두가 취해 아무 말 대잔치가 벌어졌다. 옆 사람의 아무 말을 들어주고, 아무 말로 대꾸하고. 다음 날이면 무슨 이야기를 주고받았는지 하나도 기억하지 못할 테지만 그런 밤들이 위로가 됐다. “임금님 귀는 당나귀 귀”라고 비밀을 다 떠벌려도 아무도 기억하지 못할 테니……. 그렇게 우리는 서로의 대나무숲이 되어주었고, 술 덕분에 잘 버틸 수 있었다. 그나저나 그때 그 사람들은 다들 어떻게 지내고 있을까?

지금은 끝까지 가는 술자리가 별로 없기도 하지만 그렇게 마셨다간 다음 날 아마 시체로 발견되지 않을까 싶다. 오랜만에 만난 친구들 모임에서도 다들 적당한 선에서 집에 들어가고 싶어 하는 게 보인다. 체력도 달리고, 아내의 눈치도 보이고, 내일은 토요일이지만 출근해야 하고……. 이유는 모두 다르지만, 우리는 어느새 피곤한 어른이 되어버렸다. 그렇다고 다시 그 시절처럼 마시고 싶다는 이야기는 아니다. 생각만으로도 속이 울렁거리는 것 같다. 그런 시절은 한때로 충분하다. 나는 취하지 않는 지금이 좋다.

따뜻한 봄날이었다. 홍대 근처에서 미팅이 있었는데, 끝나고 나자 갈 곳이 없었다. 그대로 집에 들어가기엔 조금 아쉬운, 해가 남아 있는 늦은 오후였다. 슬슬 홍대입구역 쪽으로 걸어가다 지인들과 몇 번 들러 술을 마셨던 일본식 선술집으로 들어갔다. 카페나 집에서는 종종 '혼술'을 즐기지만 혼자서 술집에 들어가는 건 처음이었다. 이거 뭔가 본격적인 느낌이다. 조금 긴장됐다.

아직 이른 시간이라 그런지 손님은 한 테이블뿐이었다. 친구로 보이는 젊은 아가씨 둘이서 소주를 마시고 있었다. 이 시간부터 소주라, 뭔가 제대로 즐길 줄 아는 분들이군. 나도 질 수 없지. 각오를 다지며 그들로부터 조금 떨어진 테이블에 자리를 잡았다. 한참을 고민한 끝에 따뜻한 도쿠리 사케와 소고기 다타키를 주문했다.

두리번거리며 조금 기다리자 안주와 술이 나왔다. 우선, 잔에 따뜻한 사케를 따른다. 그다음 얇게 채 썬 양파에 겉을 살짝 익힌 소고기 한 점을 들어 입에 넣는다. 맛있다. 안주를 삼키고 따라두었던 사케를 털어넣자 더운 알코올 향이 입 안 가득 퍼진다. 음, 술집에서 하는 혼술도 나쁘지 않네. 이 맛에 혼술을 하는 걸까?

그런데 술집에서 대화 없이 혼자 안주와 술을 먹고 있자니 조금 어색해졌다. 어이, 그렇게 집중하며 먹으면 며칠 굶은 사람처럼 보인다고. 배가 막 고픈 것도 아니었는데 딱히 먹는 것 말고는 다른 즐길 것이 없으니 먹기만 했다. 술자리가 심심하다.

맛있는 걸 먹어도 맛있다고 말할 사람이 앞에 없으니 재미가 없었다. 옆 테이블에 앉은 손님에게라도 가서 맛있다고 외치고 싶은 기분이었다. 맛있다고 말하면 상대도 맛있다고 대꾸하고, 술잔을 부딪치고, 쭙 소리를 내며 술잔을 비우고, 크 소리를 내며 마주 보고 웃는 이런 모습이 빠진 술자리란…….

안 되겠다. 친구에게 전화를 걸었다. 혼자 술을 마신다고 했더니 혼자서 뭔 청승이냐며 이쪽으로 건너오란다. 거기가 어딘데? 선릉? 아, 조금 먼데. 그래도 네가 그렇게 원하니 갈게. 조금만 기다려. 남은 안주와 술을 서둘러 처리하고 일어섰다.

**나는 아직 함께 마시는 술이 더 즐겁다.**

이러니 술맛을 안다고 말하기 부끄럽다. 진짜 술맛을 알았다면 온전히 술에 집중하는 시간이 참 즐거웠을 거다. 내가 술자리에서 즐겼던 건 술이나 음식이 아니었던 모양이다. 사람이었다. 좋은 사람과 함께 이야기하고 웃고 떠드는 술자리가 즐겁다.

나의 가장 좋은 술친구는 여자친구다. 이 사람, 저 사람, 많이 마셔봐도 여자친구만큼 좋은 술친구는 없다. 10년이나 사귀었으니 그만큼 함께한 술의 역사도 길다.

여자친구는 술을 많이 마시진 못하지만 좋아하고 즐긴다. 맛있는 음식을 먹을 땐 내가 말을 꺼내기도 전에 '여기에다 맥주 마시면 참 맛있겠다. 우리 딱 한 잔만 할까?'라고 먼저 말을 꺼낸다. 내심 기다렸던 말이다. 술을 잘 마실 필요는 없다. 우리는 맥주 한두 잔이면 족하니까. 적당히 기분 좋은, 딱 거기까지. 그런 점이 참 잘 맞는다. 그래서 우리는 외식을 할 때도, 집에서 밥을 먹을 때도 자주 술을 마신다. 그러다 보니 자연스레 대화도 많이 하게 된다. 술은 적당히 마시면 대화의 윤활유가 된다. 과하면 머리채를 잡게 되니 주의할 것.

내가 아는 어느 부부는 같이 술을 안 마신다고 한다. 한쪽은 같이 마시고 싶은데 상대가 술을 안 좋아해서 같이 마실 수가 없다는 것이다. 그런 얘길 들으니 나는 참 운이 좋구나 싶었다. 가장 좋아하는 사람과 술을 마시며 이야기를 할 수 있다는 것도 큰 행운이다. 여자친구가 술을 싫어했더라면 난 누구랑 마셨을까? 이렇게 편한 술친구가 또 있을까? 떠오르는 사람이 별로 없다. 아마 혼술을 즐기게 됐을지도 모르겠다.

술을 즐기는 커플이다 보니 여자친구도 천벌을 받았다. 본인은 아니라고 우기지만 내가 보기엔 나만큼 큰 천벌이다. 하지만 아직은 옷으로 가리면 티가 안 난다며 서로를 위로한다. 술을 끊을 마음이 없다는 이야기다. 그래, 우리 가려질 때까지 힘껏 가려보자. 오래오래 이 좋은 술을 함께 마시자. 천벌이 더 커지면 운동하지 뭐. 술은 끊지 말고.

내 직업이 일러스트레이터라고 말하면 대부분의 사람은 "좋아하는 일을 하니 좋겠다"라는 반응을 보인다. 응? 내 의견은 듣지도 않고? 모든 회사원이 자신의 업무를 좋아하는 게 아니듯, 모든 일러스트레이터가 그림 그리는 걸 좋아하는 건 아니다.

좋아하기 때문에 지금의 일(직업)을 선택한 사람들도 있지만, 다른 여러 가지 이유로 지금의 일을 하게 된 사람도 많다. 수입이 좋아서라든지, 안정적이라든지. 그리고 대부분은 어쩌다 보니 지금의 일을 하게 된 경우다. 나도 그렇다. 꼭 일러스트레이터가 돼야겠다고 생각한 것이 아닌데 어쩌다 보니 그림 그리는 일로 먹고살게 됐다. 그림 그리는 걸 너무 싫어하는 것도 아니지만 또 너무 좋아하는 것도 아니다. 그냥 이건 '일'이다. 일이란 게 원래 그렇다.

나도 그림 그리는 걸 좋아하던 시절이 분명 있었다. 그림이 '일'이 아니었던 시절. 그때는 그림을 좋아했다. 그리고 그림이 '일'이 되어버린 지금은 그림 그리는 걸 예전만큼 좋아하지는 않는다. 이거 좀 슬프다.

그래서 누군가는 진짜 좋아하는 일을 직업으로 삼지 말라고 충고한다. 또 다른 누군가는 자신이 진짜 좋아하는 일을 직업으로 삼아야 한다고 말한다. 도대체 어쩌라는 건지 모르겠다. 선택은 각자의 몫이고 아마 어떤 선택을 해도 후회하게 될 것이다. 인간은 욕심이 많은 동물이니까.

어쩌면 우리는 일(직업)에 너무 많은 것을 바라는지도 모른다. 먹고사는 건 기본이요, 돈도 많이 벌었으면 좋겠고, 자아실현도 하고, 재미있으면서 너무 힘들지 않고, 거기다 여가 시간이 보장되고, 존경까지 받는 ……. 그런 직업은 아무래도 무리겠지? 사실 저기서 한두 가지만 충족돼도 꽤 괜찮은 일이다. 실상은 먹고사는 기본만 돼도 감지덕지하는 형편이니

그래도 오빠는 좋아하는 그림 그리면서 살잖아요.
어떤 놈이 그래? 내가 그림 그리는 거 좋아한다고.

말이다. '먹고사니즘' 앞에선 재미도, 자아실현도 왠지 사치처럼 느껴진다. 욕심을 좀 버리면 지금 일에 만족할 수 있을까?

아, 오랫동안 '내가 진짜 하고 싶은 일'이 뭔지 고민했지만 찾지 못한 이유를 이제야 알 것 같다. 스스로 한번 물어보자.

## 정말로 일을 하고 싶은가?

심플하게 살고 싶은데 먹고사는 게 뭐라고 이리도 복잡한 걸까? 먹고사는 방식을 스스로 선택해야 하는 지금의 사회가 좋기도 하지만 문득 '수렵' 하고 '채집' 하던 그 시절이 그리워진다.

영화 〈어바웃 어 보이〉의 주인공 '윌'은 평생 직업을 가져본 적이 없는 남자다. 그의 아버지가 딱 한 곡의 히트곡(크리스마스 캐럴)을 남기고 죽었는데, 그 저작권료로 일하지 않고도 풍요롭게 살 수 있기 때문이다. 가벼운 연애를 추구하는 윌이 여자를 꼬실 때마다 어려움을 겪는 질문이 하나 있다. 그 질문은 바로 "어떤 일을 하시죠?"다. 그는 주저하다가 없다고 말한다.

"전에는 무슨 일을?"

"전에도 일을 해본 적이 없어요."

그의 대답을 들은 여자는 흥미를 잃고 자리를 떠난다. 그 전까진 분위기가 좋았는데, 아쉽다. 일하지 않는 사람을 바라보는 우리의 시각은 이렇다. 일하지 않는 사람은 한심하고, 바르지 않고, 게으르고, 비열하고, 무능한 이미지다. 일하지 않는 사람은 가치가 없어 보인다. 그가 어떤 일을 하는지에 따라 사람이 달라 보이니, 일(직업)은 단순한 돈벌이 수단을 넘어 그 사람을 말해준다고 해도 과언이 아니다. 그럼에도 불구하고, 나는 이 영화의 주인공을 보며 한없이 부러운 마음이 들었다. 아아, 일을 안 해도 된다니. 그가 가진 불로소득이 너무 부러워 미칠 지경이었다. 나도 저렇게 살 수 있다면……. 뭐야, 나만 이런 생각하는 거야? 나만 쓰레기야?(웃음)

불로소득은 말 그대로 노동하지 않고 얻는 소득을 뜻한다. 그리고 우리 사회엔 불로소득을 나쁜 것으로 생각하는 분위기가 있다.

"사람이 일해서 돈을 벌어야지."

"땀 흘리지 않는 자는 밥 먹을 자격도 없어."

노동을 통한 소득만 가치가 있고 그렇지 않은 소득은 부정하다는 생각. 노동은 신성하다는 생각 말이다. 그런데 과연 그럴까?

나는 불로소득을 가져본 적이 없다. 노동을 하지 않으면 아무런 수입이 없는, 오로지 노동을 통해서만 소득을 얻는 전형적인 '노동자계급'이다. 노동자계급의 반대편엔 노동하지 않고 사는 '자본가계급'이 있다. 노동의 신성함을 몸소 실천하며 살아온 사람으로서 가만히 지켜보니, 잘 먹고 잘사는 건 노동자계급이 아니고 일하지 않는 자본가계급이더라. 노동이 그렇게 가치가 있고 신성한 것이라면 자본가들은 왜 일하지 않는 걸까. 어째서 더 잘살고, 더 힘이 있고, 우리를 하대하는 걸까.

노동의 가치를 깎아내리려는 생각은 없다. 다만 노동이 진짜 가치 있고 신성하다면 값을 잘 쳐줘야 하는 것 아닌가. 정신적 육체적으로 소진될 때까지 일해서 우리가 받는 액수를 보면 한숨이 나온다. 이것이 신성한 노동의 가치란 말인가. 더 환장할 노릇은 노동의 값어치를 매기는 사람, 우리에게 돈을 주는 사람이 일하지 않는 자본가라는 사실이다. 그들은 노동을 가치 있게 생각하지 않는다. 우리가 뼈 빠지게 일해서 받는 돈이 그 사실을 증명한다. 현실이 이러니 노동이 신성하다, 가치 있다 찬양하는 건 노동자들을 더 값싸게 부려먹으려는 자본가계급의 세뇌 교육이 아닌가 하는 의심이 든다. 아니면 노동자들이 자신을 위로하기 위해 하는 소리거나. 아차, 내가 지금 무슨 소리를……. 계급투쟁(?)이나 신성한 노동의 가치를 모독할 생각은 없다. 그냥 돈 버는 게 너무 힘들어서 소설 한번 써봤다. 우리 사회는 평등 사회고, 신분이나 계급 같은 건 없다는 거 다들 아시죠?

삶을 유지하기 위해선 돈이 필요하다. 그래서 우리는 돈을 번다. 그런데 돈 버는 게 왜 이렇게 힘이 드는지. 하루의 대부분을 일터에서 보내는데도 간신히 삶을 유지하고 사는 정도다. 사랑하는 사람들과 함께할 시간도 없고, 내가 좋아하는 것에 몰입할 시간도 없고, 심지어 다시 일하기 위해 재충전할 시간도 없이 일을 한다. 아니, 그래야만 돈을 준다. 내가 살기 위해 일을 하는 건지, 일을 하기 위해 사는 건지. 이쯤 되면 일해서 돈을 번다는 게 형벌처럼 느껴진다. 노동이라는 낙인이 찍힌 채 끝없이 돌을 밀어 올리는 시시포스(Sisyphos). 이 형벌을 끊을 방법은 정녕 없는 것인가. 우리가 불로소득을 간절히 원하는 이유다.

사실 불로소득까지도 필요 없다. 일과 삶의 균형(워라밸, Work and Life Balance)만 맞아도 지금의 일을 기쁜 마음으로 할 수 있을 것 같다. 문제는 그 균형이 개인의 의지만으로 맞출 수 있는 게 아니라는 거다. 먼저 사회가 변해야 가능한 균형이다. 그런데 워라밸이 가능한 사회가 되는 것보다 내게 불로소득이 생기는 게 더 현실적으로 느껴지는 건 그냥 기분 탓일까.

오랫동안 '일하기 싫다'라는 말을 입에 달고 살았다. 나는 그냥 일을 싫어하는 사람이라고 생각했는데 그게 아니었다. 돈 때문에 일이 싫어진 거였다. 솔직히 아무 일도 안 하면서 살고 싶진 않다. 만약 돈을 안 벌어도 되는 상황이 와도 일은 하고 싶다. 돈에 대한 부담이 없다면 마음 편하게 지금 내가 하는 일을 계속할 수 있지 않을까? 적당히 일하고, 적당히 놀면서.

**이제야 알았다. 나는 일하기 싫은 것이 아니라 돈을 벌기 싫은 거였다.**

그래서 불로소득이 필요하다. 돈 때문에 지금 내 일을 싫어하긴 싫으니까. 아아, 돈 벌기 싫다, 증말.

내가 원하는 건 '불로소득'인데
불이 없다... 내 소득은 '로소득'

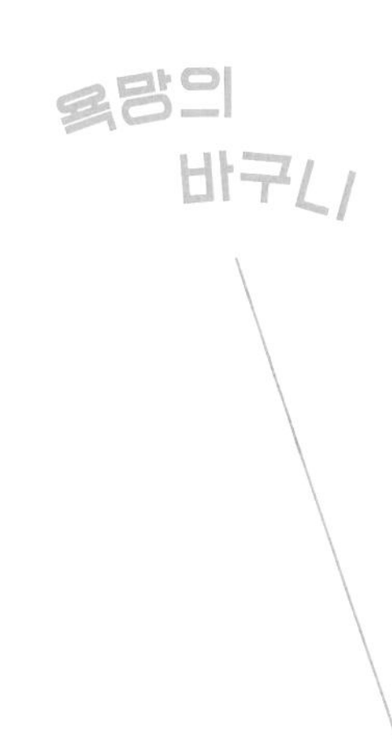


회사에 다닐 때 인터넷 쇼핑을 참 많이 했다. 회사에서, 지하철에서, 집에서도 시간이 날 때마다 온라인 쇼핑몰을 들여다봤다. 관심은 주로 패션 아이템이었다. 아아, 이렇게 아름다운 신발은 본 적이 없어. 아니 이건 내가 찾던 스타일의 가방이잖아. 이건 꼭 사야 해!

매일 둘러보는데도 사고 싶은 물건들이 어쩜 그리 많은지 나는 걸신들린 사람처럼 물건을 장바구니에 쓸어 담았다. 바로 구매하지 않고 장바구니에 담아놓는 건 현명한 소비 생활의 시작이다. 시간을 두고 고민한 후 구매해도 늦지 않으니까.

솔직히 장바구니에 물건을 담아놓은 이유는 현명한 소비

고 나발이고 돈이 부족해서였다. 월세, 관리비, 적금, 통신비, 교통비, 식비……. 월급에서 그달에 꼭 필요한 비용들을 제하고 나면 쇼핑으로 쓸 돈이 항상 부족했다. 그런데도 사고 싶은 물건들은 넘쳐나니 일단은 장바구니에 담아놓는 수밖에.

그렇게 장바구니에 담아놓으면 안심이 됐다. 지금 당장은 못 사더라도 나중에 돈이 생기면 살 수 있으니까. 그 돈이 영원히 안 생긴다는 게 함정이지만 일단은 끓어오르는 물욕을 조금이나마 잠재울 수 있었다. 담아놓고 오래 보다 보면 흥미가 떨어지는 물건도 생기고, 한편으론 못 사는 게 아니라 신중하게 구매를 결정하는 것 같아 스스로 대견하기까지 했다. 장바구니가 없었다면 나는 파산했을지도 모른다. 고마워, 장바구니.

장바구니에 물건을 담아놓는 것은 돈이 들지 않으니 경제적인 문제는 없었다. 문제가 있다면 장바구니에 담긴 물건의 개수가 너무 많다는 것이었다. 그것들의 목록을 읽는데도 한참이 걸렸다. 사지도 않을 물건들을 열심히 찾아 담고, 고민하고, 수시로 체크하는 데 드는 시간과 에너지는 실로 엄청났다. 그 시간과 에너지로 그림을 그렸다면 세계적인 작가가 됐을지도. 아무튼.

그중 몇몇 상품은 품절되어 화면에 '구매 불가'라고 뜨는데, 신기한 건 그렇게 갖고 싶다가도 품절이 되는 순간 쉽게 포기가 된다는 점이었다. 그런 걸 보면 장바구니에 담긴 물건들이 정말 필요한 것은 아니었던 모양이다. 이건 어차피 못 사는 거니까 끝. 하나도 아쉽지 않고 오히려 품절 안내가 고맙게 느껴지기까지 했다. 뭐지? 이 홀가분한 기분은? 혹시 이 순간이 오기를 기다렸던 것일까. 왜 영화를 보면 악당이 주인공 손에 죽어가면서 이런 대사를 하지 않나.

"으…… 이 순간을 기다렸다. 내 광기를 멈추게 해줄 사람을 오랫동안 기다렸지. 이젠 좀 쉴 수 있겠어."

나 역시 스스로 멈추지 못할 엄청난 욕망에 휘둘려 그것을 멈추게 할 도움을 기다려왔던 것은 아닐까. 소름 돋는다. 아아, 내가 어쩌다 이런 무시무시한 욕망의 노예가 됐단 말인가. 정녕 나 스스로는 장바구니를 비울 수 없단 말인가. 혹시 쇼핑 중독인가? 아니다. 쇼핑 중독은 물건을 사기라도 하지. 나는 사지도 못하고 계속 들여다보고 욕망만 하고 있으니 더 한심한 게 아닐까. 좋다, 장바구니에 담긴 물건을 다 사버리자. 진짜 산다는 게 아니고 다 산다고 가정해보자는 얘기다. 장바구니에 담긴 물건들을 다 가지게 된다면 정녕 나는 만족하게 될까? 행복할까? 더는 가지고 싶은 게 없을까? 그것들로 인해 더 멋진 사람이, 더 멋진 인생이 되는 걸까?

NO.

답은 너무 쉽게 나왔다. 그것들을 다 산다고 행복해질 리 없었다. 그 물건들은 내 삶을 조금도 바꾸지 못한다. 그걸 다 가지면 그냥 옷이 많은 별 볼 일 없는 인간일 뿐이었다. 겉을 아무리 치장해도 나의 진짜 모습은 평균에도 못 미치는, 속은 텅 빈 사람인 것을. 그렇게 생각하니 모든 게 허무하게 느껴졌다. 이게 다 무슨 소용이람. 홧김에 장바구니를 모조리 비워버렸다.

꼭 필요한 것도 아니고, 내 삶을 바꾸지도 못할 것들을 나는 왜 계속 욕망하는 걸까. 이 욕망은 어디서 오는 걸까. 언젠가 길거리를 거닐다 누군가 입고 있는 멋진 옷을 보게 되었다. 그 순간 나는 그걸 가지고 싶은 강렬한 욕망에 사로잡혔다. 그리고 바로 그게 굉장히 기이한 일이라는 생각이 들었다. 조금 전까지만 해도 분명 나는 가지고 싶은 게 없었다. 그리고 그

덮어놓고 담다보니
이렇게나 많아졌네
스스로는 못비우니
품절됐다 말해주오

옷의 존재도 몰랐다. 그 사람과 마주치지 않았더라면 나는 그 옷을 욕망할 일이 없었다는 얘기다. 한마디로 '견물생심'이었다. 보지 않으면 마음이 생기지 않는다. 모르는 걸 욕망할 순 없으니까. 스스로 마음에서 일어나는 욕망은 몇이나 될까. 대부분은 무언가를 보아서 생기는 것일 테다. 그랬다. 내 문제는 너무 많이 본다는 것이었다. 이렇게 가만히 있어도 뭔가가 보이는데, 일부러 뭐 예쁜 게 없나 인터넷을 뒤지고 다니니 욕망이 넘쳐날 수밖에 없었다. 그래, 안 봐야지. 안 보는 게 답이다. 근데 그 재미있는 걸 안 볼 수 있을까? 다른 사람은 어떻게 입고 다니는지, 요즘은 어떤 패션이 뜨는지, 옷 좀 입는 사람은 무얼 사는지 너무 궁금하지 않나?

요즘도 난 온라인 쇼핑을 한다. 여전히 갖고 싶은 게 많다. 그런데 예전에 비하면 장바구니에 담긴 물건이 많이 줄었다. 고작해야 서너 개 정도? 장바구니가 내 욕망을 나타내는 지표라면 확실히 옷에 대한 욕망이 줄었다고 할 수 있었다. 그 이유는 출퇴근하지 않는 프리랜서가 되고 나니 매일 외출복을 입을 일이 없어져서가 아닐까 싶다. 매일 사람들과 마주치지 않으니 그들이 무얼 입었는지 볼 일도 줄어들고, 또 사람들에게 내가 어떻게 보일까 하는 걱정도 줄어들고, 확실히 옷에 신경을 덜 쓰게 됐다. 그제야 내가 사람들에게 보이는 모습에 신경을 많이 쓰며 살았다는 걸 알게 됐다. 사람들 틈에서 살아가다 보면 자연스럽게 그렇게 되는 것 같다. 자꾸 비교하게 되고 뒤처지고 싶지 않은 마음이 된다. 적어도 뒤처진 것처럼 보이고 싶진 않다. 그래서 그렇게 많은 아이템을 필요로 했나 보다. 나의 진짜 모습을 감춰줄 무언가가. 나는 어떤 모습으로 보이길 원했던 걸까. 감각 있는 사람? 스타일리쉬한 사람? 잘 모르겠지만 진짜 나보다 더 있어 보이는 사람으로 보이고 싶었던 건 분명하다. 내 진짜 욕망은 바로 그것이었다.

그 욕망은 지금도 여전하다. 그러나 사람들을 잘 만나지 않게 되니 욕망이 느슨해졌달까. 이대로 더 느슨해져서 아예 그런 욕망이 사라지면 좋겠다. 더 나아가 있어 보이는 게 아니라 진짜 뭔가 있는 사람이 되면 좋겠다. 나만의 철학과 스타일이 있는, 남들의 말이나 시선에 휩쓸리지 않는 사람이. 이제부터 내 마음의 장바구니에 진짜를 하나 둘 담아야겠다.

3

# 남들과 발맞추지 않을 용기

## 마이 웨이

끝이 없다. 나이에 걸맞게 당연히 갖추어야 할 것들이 이렇게나 많을 줄이야. 우리 사회엔 '이 나이'면 '이 정도'는 하고 살아야 한다는 '인생 매뉴얼'이라는 게 존재한다. 실제로 그걸 본 사람은 아무도 없지만, 모두가 그걸 알고 있다. 그리고 거기에 맞춰 살려고 노력한다. 그렇게 살지 않으면 불안하니까. 나만 뒤처지는 것 같으니까.

어릴 때는 그 매뉴얼의 압박이 크지 않았다. 무궁무진한 가능성을 지닌 시기고, 앞으로가 기대되니 지금 당장은 많은 걸 못 가져도 괜찮다는 분위기였다. 그러나 어느 정도 나이를 먹고 나면 세상의 눈은 매정하게 바뀐다. '그 나이 먹도록 뭐

했니?'라는 식이다. 그러게 저는 뭘 했을까요?

매뉴얼의 목록을 하나도 클리어하지 못한 나는 나잇값을 못하는 게 분명했다. 앞으로 나이를 먹으면서 갖추어야 할 것들이 더 늘어날 텐데, 50대가 되고 60대가 되어서도 난 얼마나 나잇값을 못하고 있을까?

나는 이 나이에 결혼도 안 하고, 월세에 살고, 자동차가 없지만 불편하거나 비참하지 않다. 문제는 사람들이 나를 그렇게 본다는 것이다. 정작 나는 괜찮은데 사람들이 나를 불쌍하게, 한심하게 보니 나 좀 비참해지려고 한다. 아니, 확실히 비참하다. 원래는 비참하지 않았는데 남들이 그렇다니 좀 그렇다. 이건 내 삶인데, 내 기분인데 왜 타인의 평가에 따라 괜찮았다가 불행했다가 하는 걸까? 알다가도 모를 일이다.

### "도대체 왜 결혼을 안 한다는 거예요?"

아주 오래전의 일이다. 비혼주의인 내게 누군가 아주 당당하게, 그리고 무례하게 물은 적이 있다. 결혼은 당연히 해야 하는 건데 왜 안 하냐고, 이해할 수 없다고 묻는데 나는 아무

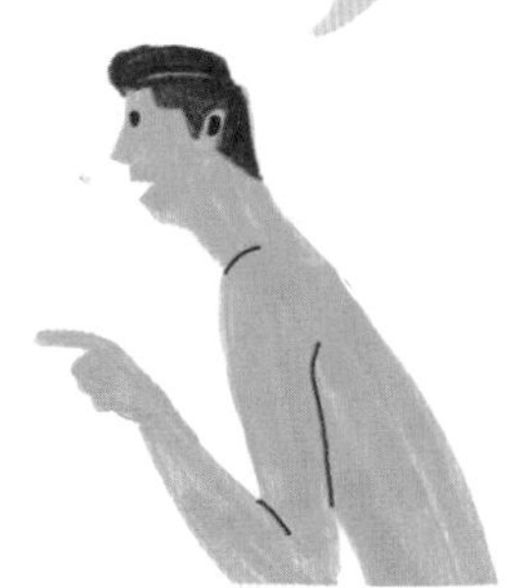
뭐? 아직 결혼 안 했어? 우리 나이면 벌써 결혼해서 애도 있어야지.
아직도 월세야? 우리 나이면 요 정도 평수 아파트 하나 사야지. 집값 오르면 대출금 한방에 갚을 수 있어.
차도 없다고? 우리 나이면 소형차는 좀 그렇고 요 정도급 차는 있어야지.
회사도 그만뒀다고? 말이 좋아 프리랜서지 백수나 마찬가지야. 회사 다녀. 우리 나이면 요 정도 연봉은 벌어야지.
보험도 없어? 우리나이면 실비보험 하나 정돈 있어야...
이런 인생 매뉴얼은 어디서 받아 오는 거냐? 구청가면 주는 건가?

런 대답도 하지 못했다. 아니, 하고 싶지 않았다. 악의 없이 순수한 호기심으로 물은 것이었겠지만 나에겐 폭력으로 느껴졌기 때문이다. 다수가 옳다고 믿는 가치를 따르지 않는 자에게 행해지는 폭력. 왜 안 따라? 설명해봐.

언제나 설명은 나의 몫이었다. 그들은 설명할 필요가 없었다. 그들은 당연히 해야 할 질문을 한 것이니까. 그들은 나에게만 설득력 있는 대답을 요구했다. 마치 자신들이 들어보고 허락할지 말지 정해주는 사람인 양. 그러나 나는 궁금했다. 그들 중 '결혼을 해야 하는 이유'를 진지하게 생각해보고 하는 사람이 몇이나 되는지.

"사랑하니까."

"함께 있고 싶으니까."

"사람의 도리니까."

"결혼해서 애 낳는 건, 그냥 당연한 거야."

내가 보기에 그들의 이유도 그다지 설득력 있어 보이진 않는다. 왜 결혼을 당연한 것으로 생각하는 걸까? 결혼은 필요 때문에 생겨났다. 나는 필요하지 않아서 안 하겠다는 건데 왜 합리적인 이유를 대라는 걸까? 어떤 물건이 필요하지 않아서 안 사는 사람에게 왜 필요하지 않으냐고 묻는 것과 같다. 참 이상하다. 부모, 가족, 친척, 친구, 선배, 직장동료 모두 하도 물어보는 통에 귀찮아서 그냥 결혼해버릴까 고민한 적도 있다. 결혼은 선택이라던데 정말 선택이 맞나 싶은 기분이었다.

결혼을 안 하려는 나 나름의 이유가 있지만, 그걸 모두에게 설명하고 허락받아야 하는 건 아니지 않나? 그들을 설득할 의무가 있는 것도 아니고, 나는 결혼을 나쁘다고도 없어져야 한다고도 여기지 않는다. 그저 나는 안 하겠다는 것뿐인데, 세상은 그게 못마땅한 모양이다. 이렇게 남들 사는 대로 살지 않으면 여러모로 피곤하다. 아, 혹시 다들 피곤해서 그냥 남들과 맞춰 사는 건 아닐까?

그동안 남들이 가리키는 것에 큰 의문과 반항을 품고 살았지만, 그렇다고 그것들로부터 완전히 자유롭지도 않았다. 나는 항상 타인의 시선이 신경 쓰였고, 그들 보기에 괜찮은 삶을 살려고 애써왔다. 잘 안 됐지만 말이다. 사실 가능하면 '인생 매뉴얼'에 맞춰 살고 싶었다. 그런데 그게 참 쉽지가 않다.

내가 이 나이에 정말 부끄러워해야 할 것은 내 나이에 걸맞은 것들을 소유하지 못한 게 아니라, 나만의 가치나 방향을 가지지 못하고 살아왔다는 사실 아닐까?

**내가 욕망하며 좇은 것들은 모두 남들이 가리켰던 것이다. 남들에게 좋아 보이는 것들이었다. 그게 부끄럽다.**

나는 열심히 쫓아가다 도저히 따라가지 못하고 엎어진 사람이다. 엎어진 김에 쉬어 간다고, 이참에 나만의 길을 찾으면 좋지 않을까 싶다. 이제부터는 마이 웨이다.

그나저나 앞으로도 나잇값은 못할 것 같다.

# 고독한 실패가

**일단 부딪쳐보는 거다. 실패했을 땐 후회하면 되지.**

_드라마 〈고독한 미식가〉 중에서

고작 식당을 고르는 데 이런 비장한 마음이라니. 피식 웃음이 새어 나온다. 〈고독한 미식가〉의 주인공 '고로'는 직업상 여러 동네로 외근하러 다니는데, 먹는 것이 최고의 행복인 그는 낯선 곳에서 오로지 느낌만으로 자신을 만족시킬 식당을 찾아낸다.

낯선 곳에서 식당을 찾을 때 스마트폰으로 맛집 검색부터 하는 우리와는 매우 다른 방법이 아닐 수 없다. 그래서 그의 맛집 탐방이 마음에 든다. 평가가 좋은, 실패할 확률이 낮은 쪽을 선택하는 것이 아니라 자신의 취향이나 순간의 끌림을 따른다는 점이 이 드라마의 매력이다.

자신의 감각과 안목, 취향을 믿는 것. 실패를 감당할 각오를 하는 것. 그래, 고작 식당 하나를 고르는 데도 엄청난 용기가 필요하다.

"오늘 이태원에 놀러 가자. 가만, 이태원 맛집부터 검색해야겠다."

"이 영화 볼까 말까? 영화평이 어떤지 찾아봐야겠다."

"이 식당 분위기는 너무 좋은데 검색해보니 후기가 없어서 못 들어가겠어. 근처에 평이 좋은 식당으로 가자."

검색하면 후기가 쏟아지는 세상이 되어 확실히 편리해졌다. 그리고 거기에 의존하는 만큼 실패도 줄었다. 하지만 실패가 줄어든 만큼 즐거움도 같이 줄어들었다. 내가 선택하는 즐거움, 미지의 것이 주는 즐거움 말이다.

제목과 포스터만 보고 마음이 설레어 무작정 극장에 들어가 관람했던 영화들. 낯선 동네를 어슬렁거리다 수수하고 단정한 간판이 마음에 들어 들어간 선술집. 작가도 모르고 내용도 모르는데 단순히 표지가 마음에 들어 집어든 책.

그런 것들은 최고의 선택이 아니었음에도 유독 기억에 오래 남아 나를 미소 짓게 한다. 그런 선택에는 무모하고 위험한 매혹이 있다. 그리고 자신의 선택에 대한 믿음과 그 선택에 책임을 지려는 용기가 있다. 당연히 실패할 확률도 높지만 성공했을 때 가지는 성취감도 크다. 그건 누구의 것도 아닌 오롯이 내 것이 된다.

### 남들이 다 좋다고 하는 것들이 과연 내게도 좋을까?

많은 사람이 좋다고 하는 것은 확실히 실패할 확률이 낮다. 뭐랄까, 중간 이상은 한다는 느낌이랄까. 하지만 나에게 딱 맞는다는 느낌을 받기는 어렵다. 오히려 요즘은 남들의 추천으로 택한 것들로 인해 내가 남들과 취향이 아주 다르고, 사람들 취향이 각양각색이라는 사실을 깨닫는 경우가 많다.

그럼에도 우리는 검색을 한다. 실패하고 싶지 않아서다. 나에게 딱 맞는 것을 찾아 도전하고 위험을 무릅쓰기보단 실패하지 않을 검증된 '중간 이상'을 택한다. 그렇게 점점 내 생각이나 감각은 중요하지 않게 되어버리고 퇴화하여 어느새 나의 선택을 믿지 못하게 되는 지경에 이른다.

내가 어떻게 느끼는지가 중요하지 않고 남들이 어떻게 생각하는지가 중요해져 더는 '나'의 취향이나 감을 믿지 못하고 선택권을 남에게 넘겨버린 지금의 우리. 고작 식당 하나, 영화 하나를 고르는 데도 실패할까 봐 용기를 내지 못한다.

그러니 인생은 오죽할까. 안전하다고 유혹하는 남들의 목소리를 뒤로 하고 나만의 목소리에 귀 기울인 선택은 어쩌면 '고독한 실패가'의 길이다. 하지만 그 길을 가면 적어도 남들이 하라는 대로 사는 남의 인생을 살게 되진 않는다.

모두가 한쪽으로 우르르 몰려갈 때 용기 있게 다른 길을 선택할 수 있는 사람은 나의 인생을 살게 된다. 실패해도 좋다. 실패했을 땐 후회하면 그만이다. 어차피 남의 말만 듣고 우르르 몰려갔던 사람들 대부분도 후회하긴 마찬가지다. 안 그런가?

실패를 두려워 말자.

고독한 실패가가 되자.

대단한 것부터 말고 '고로'처럼 식당을 찾아보는 것부터 시작해보면 어떨까. 자신만의 취향이란 어쩌면 무수히 많은 실패를 통해 만들어지는 건 아닐는지.

실패하면 어떡해.

뭐 간단하네.

# 가장 쉽게 불행해지는 법

스스로를 가장 빨리 불행하게 만드는 방법을 찾고 있다면 '비교'를 추천한다. 그건 실패가 없는 가장 확실한 방법이다. 못 믿겠다면 지금 당장 나보다 돈을 잘 버는 사람이나 나보다 예쁜(혹은 잘생긴) 사람을 떠올려보자. 주변 사람도 괜찮고 유명한 사람도 괜찮다. 그러고 나서 나의 삶을 가만히 옆에 두고 비교해보자. 아아, 나는 불행하다. 순식간에 불행해졌다. 봐라, 비교는 실패가 없다.

그런 이유로 나는 남들과 나를 비교하는 짓을 하지 않으려고 주의를 기울인다. 굳이 사서 불행해지고 싶지 않기 때문에 내 삶이 남들과 다르다는 데에 불안함을 느끼기보다는 자부

심을 가지려고 한다. 이렇게 유니크한 삶, 아무나 못 살아보는 삶이라고 말이다. 생각해보면 모두의 삶은 유니크하다. 세상에 똑같은 삶이란 없다.

물론 비교하지 않는 삶을 실천하는 과정이 순탄치만은 않다. 마음을 잘 다스리며 살다가도 갑자기 외부로부터 훅 들어오는 공격엔 속수무책으로 당하고 만다. 일종의 외부의 적인 셈인데, 그 적의 이름은 엄친아(엄친딸)다.

"내 친구들 자식 중에 너만 결혼을 안 했더라. 넌 대체 언제 결혼하려고 그러니?"
"친구 아들은 대기업에 취직했대. 넌 취직 안 할 거야?"
"그 집 딸은 공부도 잘하는데 얼굴까지 예쁘더라. 성격도 얼마나 싹싹한지 집안일도 잘 돕고. 야! 소파에서 뭐 먹지 말랬지. 다 흘리잖아. TV 그만 보고 들어가서 공부나 해! 저건 딸이 아니고 그냥 웬수야, 웬수!"

능력 되고, 외모 되고, 거기에 성격까지 좋은 인간들은 우리 주변에도 많지만 엄친아(엄친딸)들이 특히 우리를 힘들게 하는 이유는 그들이 바로 부모님 친구의 아들, 딸이기 때문이다. 부모님이 친구의 자녀를 보며 느꼈을 패배감, 우리 또한 부모님께 불효를 하고 있다는 생각이 들어 더욱 괴롭다. 우리는 모두 약점을 가지고 있다. 엄마, 아빠라는 약점.

부모님도 우리와 똑같은 인간이라는 점을 기억한다면 부모님의 기분을 이해 못할 것도 없다. 부모님도 젊은 시절 우리와 똑같이 자신과 또래들을 끊임없이 비교하며 괴로워했을 것이다. 난 왜 재처럼 잘 생기지 않았지? 난 왜 재처럼 똑똑하지 않지? 난 왜 재처럼 돈을 못 벌지? 그렇게 젊은 날을 다 보내고 나이가 들어선 그 비교의 대상이 자식으로 넘어온 것뿐이다. 저 집 자식은 보약을 사줬다는데, 저 집 자식은 손자를 낳았다던데, 저 집 자식은 돈을 잘 번다던데……. 작은 것부터 큰 것까지 비교할 거리가 넘친다. 자신을 비교하고, 자식을 비교하고, 그 다음은 손자를 비교하고……. 아마 죽을 때까지 계속할 수도 있을 것이다.

**인간은 자신이 행복한 이유를 찾기보단 불행한 이유를 찾는 데 평생을 허비하고 있는 것 같다. 이것도 일종의 마조히즘(masochism)일까.**

그런데 왜 하필 부모님은 다른 사람도 아닌 '친구의 자식'과 우리를 비교하는 것일까? 부모님의 입에서 "마크 저커버그는 페이스북으로 돈 많이 벌었다더라. 넌 뭐니?" 같은 이야기는 들어본 적이 없다. 더 잘난 인간들이 있는데 왜 유독 친구 자식들이 부모님을 괴롭게 하는 것일까?

마크 저커버그는 (물론 엄청 부럽기는 하지만) 우리를 괴롭게 하지 않는다. 정작 우리를 극심한 질투심에 휩싸이게 만드는 건 바로 나와 동등하거나 나보다 조금 못났다고 생각했던 사람들이다. 평소 나보다 별로라고 생각했던 친구가 엄청 멋진 애인을 데리고 나왔을 때, 나와 비슷한 고민을 나누던 입사 동기가 집에 갈 때 보니 고급 외제차를 타고 가는 것을 봤을 때 우리는 엄청난 박탈감과 질투심을 느낀다.

우리는 이나영이 원빈과 결혼했다고 해서 미칠 것 같은 질투심을 느끼지 않는다. 빌 게이츠가 가진 엄청난 부에 잠 못 이루지도 않는다. 우리를 미치게 하는 건 나와 동등한 사람들이라 믿었던 이들이 가진 '나에게 없는 것'이다. 애초에 '넘사벽'은 동경의 대상일 순 있지만 질투의 대상은 아니다. 그러니 부모님을 괴롭게 하는 게 다른 사람이 아닌 친구의 아들, 딸인 게 이해가 되고도 남는다.

타깃은 ?
절 불행하게 만든 장본인입니다. 이름은 엄친아고요.
꼭 좀 없애주세요.

비슷한 수준의 사람끼리 서로 비교하며 네가 잘났네, 내가 잘났네 도토리 키 재기 하며 사는 게 인간의 세상인가 보다. 이 모습을 저 높은 곳에서 보는 이가 있다면 어떤 생각을 할까. 아마도 이런 생각을 하지 않을까.

아이고, 의미 없다.

그것이 나의 첫 사회생활이었다. 학교 말이다. 나는 초등학교에 입학하기 전에는 단체 생활을 해본 적이 없다. 유치원에 다니며 미리 단체 생활을 경험하는 아이들도 있지만, 우리 집은 그럴 형편이 못 됐다.

입학 전의 기억이 많지는 않지만 주로 혼자 놀았던 기억이 난다. 그러다가 갑자기 학교라는 곳에 들어가 단체 생활을 하게 됐으니 이만저만 피곤한 게 아니었다. 어떻게 친구를 사귀어야 하는지, 어떻게 어울려야 하는지 몰라 참 난감했다. 여덟 살, 인간관계의 피곤함을 처음 느꼈던 나이다.

시간이 지나 학년이 올라가면서 단체 생활이 좀 익숙해졌지만, 여전히 인간관계는 어려웠다.

'난 이거 하기 싫은데, 싫어도 같이 해야겠지?'

'내 도시락 반찬을 보고 가난하다고 놀리면 어쩌지?'

'아무도 나랑 짝꿍을 안 하려고 하면 어쩌지?'

사소한 걱정거리들로 마음 편할 날이 없었다. 방과 후, 집에 가는 시간만이 아무도 신경 쓰지 않아도 되는 시간이었다.

학교에서 집까지는 어린아이의 걸음으로 30분 정도 걸리는 거리였다. 별다른 교통편이 없었기에 걸어 다녔다. 주인 모를 무덤들이 있는 낮은 동산을 하나 넘고, 소똥 냄새가 진동했던 농가도 지나고(서울이었다), 무서운 형들이 다니는 고등학교 운동장을 가로질러야 하는 대장정이었다.

나는 같은 방향끼리 짝을 지어 하교하는 게 싫었다. 같은 방향 친구들을 따돌리거나 이런저런 핑계를 대고 혼자 집에 가는 걸 좋아했다. 그 30분이 나 혼자 있을 수 있는 유일한 시간이었기 때문이다. 그 시간이 참 좋았다. 걸으면서 여러 공상을 하다 보면 어느새 집에 도착해 있었다. 어떤 날은 집이 좀 더 멀었으면 하고 바란 적도 있으니 그 시간을 어지간히 좋아한 모양이다.

당시 내게 집은 마냥 편안한 곳은 아니었다. 우리 집은 화

# 립 미 얼론

목한 가정과는 거리가 멀었다. 늘 술에 취한 아버지가 계시던 곳, 언제 터질지 모를 폭력이 도사리던 곳이었다. 학교에서도 집에서도 마음이 편하지 않았다.

이래저래 사람이 피곤했던 아이는 혼자 있을 시간과 공간이 간절했지만; 단칸방에서 다섯 식구가 살았으니 내 공간이 있을 리 만무했다. 어딜 가나 사람, 사람, 사람. 항상 사람들과 함께였다. 학교와 집을 잇는 그 길만이 유일한 위로였고, 휴식이었다.

초등학교를 졸업한 이후에도 인간관계는 계속됐다. 중학교, 고등학교, 대학교, 사회생활……. 사람들과 어울리는 게 조금 익숙해졌나 싶다가도 사람 때문에 참 힘들었다. 어느새 내 마음엔 격언처럼 한 문장이 자리 잡았다.

**사람을 가장 힘들 게 하는 건, 언제나 사람.**

나 혼자 밥을 먹고,
나 혼자 술을 먹고,
나 혼자 영화를 보고,
나 혼자 여행을 가고…….

혼밥, 혼술, 혼영……. 뭐든 혼자 하는 게 유행(?)인 세상이 됐다. 1인 가구의 증가와 개인주의 시대의 도래 때문에 나타나는 현상이라는데, 나는 어쩐 일인지 어린 시절 하굣길이 떠올랐다. 혼자가 편한 사람들, 인간관계에 지친 사람들이 많아지고 있는 건 아닐까? 당연히 함께하는 것으로 알았던 것들마저 혼자 하고 싶을 만큼…….

"오늘 뭐 먹을까?"

이 단순한 질문에도 우리는 수많은 생각을 한다.

'난 오늘 이게 먹고 싶은데, 다들 싫어하겠지?'

'흥, 어차피 지가 먹고 싶은 거 먹을 거면서, 얄미워.'

'비싼 건 안 먹었으면 좋겠는데…….'

누군가와 같이 무언가를 한다는 건 쉬운 일이 아니다. 내 의견을 접고 상대의 기호나 생각에 맞춰야 할 때도 있고, 배려 없는 상대 때문에 기분이 나쁠 때도 있고, 내 주머니 사정도 신경 써야 한다. 이래저래 피곤하다.

상대가 힘 있는 '갑'이라면 문제는 더 심각해진다. 내 지인은 전 직장 사장이 점심마다 동태찌개만 고집해서 싫어도 계속 먹어야 했단다. 그전에는 중화요리만 시켜 먹어서 1년 동안 짜장면, 짬뽕, 볶음밥을 돌아가며 먹느라 고생했다고 한다. 아,

사장 복은 없는 친구다.

눈치 보고, 맞춰주고, 참아주고, 손해 보고, 비교당하고……. 인간관계는 지친다. 자꾸 내 권리가 뺏기는 것 같고, 나를 잃어버리는 것 같다. 그렇다고 인간관계를 끊을 수도 없고……. 에라, 밥이라도 편하게 먹자. 그렇게 혼자를 택한 사람들이 늘고 있다.

한때 혼자 극장에서 영화 보는 것을 좋아했다. 혼자 영화를 보면 확실히 편하다. 약속을 잡고, 기다리고, 만나는 그 귀찮은 과정을 생략해도 되니 얼마나 좋은가. 영화도 내가 보고 싶은 걸로 고를 수 있다. 영화를 보는 중에도 같이 온 사람이 재미없어 하면 어쩌나 하고 눈치 보지 않아도 된다. 외부의 방해 없이 영화를 온전히 즐길 수 있다.

예전엔 영화를 어떻게 혼자 보냐고 묻던 사람들도 있었지만, 요즘은 그런 사람들이 줄었다. 혼자 밥도 먹는 세상이니까. 혼자가 편하다는 걸 다들 느끼고 있다.

혼자 영화를 보는 것이 좋기는 한데, 아쉬운 순간도 있다. 바로 영화가 끝나고 나서다. 재미있다, 재미없다 등의 이야기를 나누고 싶은데 나눌 사람이 없다. 그건 혼밥이나 혼술을 할 때도 마찬가지다. 편하고 좋기는 하지만 감정을 같이 나눌 수 없다는 건 좀 쓸쓸한 일이다. 우리보다 앞서 혼밥 문화가 발달한 일본의 경우, 혼자 밥을 먹는 동안 말을 걸어주는 인터넷 사이트도 있다고 하니 혼자 밥을 먹을 때 느끼는 쓸쓸함은 국적 불문 모두가 느끼는 감정인 모양이다. 사람이 피곤해 혼자를 택했지만 결국 사람을 그리워하고 있다니 참 아이러니하다.

혼자 있고 싶은 마음, 결국 이런 마음도 사람들과 연결되어 있기에 드는 것이다. 무인도에 정말 혼자 있게 된다면 혼자 있고 싶은 마음 따위가 들 리 없다.

혼자 있는 시간은 꼭 필요하다. 그 시간은 치유의 시간이다. 인간관계로 지친 몸과 마음을 쉬게 해주는 시간. 그렇기에 혼자 밥을 먹고, 혼자 술을 마시고, 얼마든지 혼자 하는 걸 즐겨도 되지 않나 싶다. 단, 그러고 나서는 반드시 돌아와야 한다. 피곤하고 짜증 나는 사람들 속으로. 그 사실만 잊지 않으면 된다.

**돌아올 집이 없다면 여행이 여행일 수 있을까?**

**정말 외톨이라면 외로움을 즐길 수 있을까?**

혼자만의 시간은 다시 돌아오기 위한 여행이다. 잠시 떨어져 바라볼 줄 아는 지혜다. 정말 혼자가 아니라는 것에 감사하게 되는 시간이기도 하다.

나는 혼자 있는 걸 즐길 줄 아는 사람이 좋다. 혼자 있는 걸 못 견디고, 모든 걸 같이 하려고 하는 사람보단 혼자서 할 줄 아는 게 많은 사람이 좋다. 그런 사람들이 타인과도 좋은 관계를 맺을 수 있다고 생각한다.

사람들에게서 잠시 떨어져 있을 줄 아는 사람. 혼자 있는 외로움을 잘 알면서도 두려워하지 않는 사람. 혼자 있는 게 편하지만 결국 혼자서 살 수 없다는 걸 아는 사람. 외로움을 충분히 즐기고 나선 다시 사람들 속으로 뚜벅뚜벅 걸어 들어가 기꺼이 함께할 수 있는 사람. 그런 사람이고 싶다.

자, 충분히 즐겼다면 이제 돌아갈 시간이다.

# 이제부턴 수염 전략

즐겨보던 TV 프로그램에서 남자들의 잇 아이템이라며 '수염 파우더'를 소개하고 있었다. 수염 파우더가 뭔가 했더니, 영화나 드라마에서의 분장처럼 가루로 된 수염을 브러시를 이용해 피부에 붙이는 제품이었다. 좀 쓸데없어 보이긴 했지만, 수염을 기르고 싶은데 수염이 안 나거나 숱이 부족한 남자들이라면 귀가 솔깃할 만했다.

그건 그렇고, 그걸로 수염이 잘 만들어질까? 남성 출연자들이 직접 시연에 나섰다. 어설픈 실력 때문인지, 제품의 한계인지 다들 우스꽝스러웠고 스튜디오는 웃음바다가 됐다.

그 모습을 한심하게 쳐다보던 여자 진행자가 이런 질문을 던졌다. 대부분 여자는 수염 기른 남자를 극도로 싫어하는데, 왜 이렇게까지 해서 수염을 기르고 싶냐는 것이었다. 그 질문에 한 남자 출연자는 이렇게 답했다. 수염은 여자들 마음에 들기 위해 기르는 것이 아니라 그저 남자들의 로망이라고. 그리고 여자 중에도 소수지만 수염 마니아가 있어 괜찮다고 했다. 미지근한 다수를 공략하는 것보다 열광적인 소수를 공략하는 게 더 성공률이 높다는 말도 덧붙였다. 아아, 나는 단번에 설득당하고 말았다. 뭔가 깨달은 것 같은 기분. 깨달음은 불현듯 수염 파우더와 함께 찾아왔다.

'수염 전략'은 '선택과 집중'을 의미한다. 두루두루 다 잘하려 하지 않고 한 가지에 집중해서 성과를 높이는 전략. '수염 전략'은 다수에게 잘 보이는 걸 과감히 포기하고 수염을 좋아하는 소수에게 집중한다.

우리가 평소 흔히 쓰는 전략과는 아주 다르다. 보통은 '여자들이 좋아하는 헤어스타일'이나 '여자들이 좋아하는 코디' 같은 걸 검색해서 호불호가 적은 다수의 취향에 자신을 맞추려고 노력한다. 그와는 반대로 여자들이 좋아하든 말든 자기 만족을 위해 수염을 기르고, 수염을 좋아하는 소수의 사람만

세상은 넓고 취향은 다양하다.
개성이 곧 경쟁력이다.

을 만나겠다는 당당함은 쿨하다 못해 존경스럽기까지 하다.

여자들이 좋아한다는 걸 모조리 했는데도 경쟁력이 떨어지는 이유는 다른 이들과 같은 걸 하고 있기 때문은 아닐까? 사람들의 취향이 다양하고, 수염을 좋아하는 여자들도 있다는 사실을 우리는 왜 간과한 것일까? 수염은 안티가 많은 대신 경쟁자가 적은 블루오션이다. 우리는 왜 소수의 취향을 무시해왔는가. 우리는 왜 안티를 두려워하는가.

### "좀 더 많은 사람이 좋아할 만한 걸 그려야 할까?"

친한 동생으로부터 이런 고민을 들었다. 물론 나도 하는 고민이다. 창작자라면 이런 생각 한 번쯤은 한다. 세상의 반응이 뜨뜻미지근해서 자신이 하는 작업에 확신이 떨어지고, 한없이 불안한 마음이 들 때 이런 고민을 많이 하게 되는 것 같다. 그것은 경제적인 이유기도 하지만, 더 근본적으로는 많은 사람의 사랑과 인정을 받고 싶어서다. 그럴수록 작가로서의 정체성과 대중의 취향 사이에서 고민은 깊어진다.

나 또한 그런 고민을 많이 해봤는데, 결론은 결국 하나 마나 한 고민이라는 것이다. 만약 많은 사람이 좋아할 만한 걸

해서 인정받을 수 있다면 그렇게 하라고 말해주고 싶다. 작정하고 많은 사람의 마음에 든다는 것, 그거 알고 보면 되게 어려운 일이다. 대중이 좋아할 만한 스토리에 유명 배우가 출연하여 흥행을 목표로 만들어진 수많은 상업영화가 줄줄이 망하는 걸 보면 알 수 있지 않은가. 사람들이 좋아할 만한 걸 대놓고 해도 실패하기 일쑤다. 사람들의 취향은 정말 각양각색이어서 도무지 종잡을 수 없다.

대중적인 성공을 거둔 작가들의 작품들을 보면, 사람들이 좋아할 만한 걸 해서 성공했다기보다는 본인들이 하고 싶은 걸 했는데 그걸 많은 사람이 좋아해준 것이라 보는 게 맞다. 그런 걸 두고 '취향을 저격했다'라는 표현을 쓴다. 작품이 성공한 이후에 성공 요인을 분석했더니 사람들이 좋아할 만한 요소들로 이런 것들이 있었더라 하는 거지, 꼭 그 요소들 때문에 성공한 건 아니라는 말이다. 되레 많은 사람이 좋아할 만한 게 아닌데 의외로 대중적인 인기를 얻은 것들도 많다. '사람들이 좋아할 만한 작품'은 그야말로 결과론적인 이야기다. '사람들이 좋아할 만한 작품'이라는 게 정해져 있다면 나부터 당장하겠다. 성공이 보장되는 걸 안 할 이유가 없지 않은가.

쿠엔틴 타란티노 감독의 영화를 좋아한다. 그의 첫 영화 〈저수지의 개들〉 때부터 열렬한 팬이다. 쿠엔틴 타란티노의 영화는 초창기부터 지금까지 일관되게 대중적이지 않다. 대놓고 B급 정서로 무장한 그의 영화는 애초에 많은 사람을 만족시킬 생각 따윈 없다는 듯 줄기차게 폭력적이고, 조금은 황당한 자신만의 스타일과 이야기로 폭주한다.

마니아층만 좋아할 그의 영화가 전 세계적으로 폭넓은 사랑과 인정을 받는다는 건 시사하는 바가 크다. 많은 사랑을 받기 위해서는 역설적이지만 대중의 취향에 맞추려 하지 않고 자신만의 개성과 세계관을 밀어붙여야 하는 건 아닐까? 그 세계가 설득력 있다면 대중은 열광한다. 저격당하는 것이다.

대중 취향에 맞추려 눈치 보는 작품은 얄팍할 수밖에 없다. 대중은 그걸 귀신같이 알아채고 외면한다. 차라리 개성 있는 편이 낫다. 그게 바로 '수염 전략'이다.

세계적인 인기를 누리는 쿠엔틴 타란티노라지만 그의 영화를 싫어하는 안티들도 많다. 봐라, 어차피 모든 사람을 만족시키는 건 불가능하다. 사람들에게 맞추려 하면 점점 힘들어진다. 사람들의 마음은 알 수 없을뿐더러, 그들의 변덕에 이리저리 휘둘리게 될 테니까. 나만 해도 이게 좋았다가 또 저게 좋았다가 한다. 그 마음을 어떻게 맞춘단 말인가.

자신이 좋아하는 걸 한다고 모두에게 인정을 받는 건 아닐 것이다. 그래도 다행인 건 사람들이 좋아할 만한 걸 해도 마찬가지라는 것이다. 어차피 결과를 알 수 없다면 자신이 좋아하는 걸 하는 게 낫다. 남들의 인정에 목매지 말고 자기 세계에 집중하다 보면 그 세계가 더 단단해져 결국은 사람들도 인정하게 되지 않을까? 끝내 인정받지 못하더라도 적어도 하고 싶은 걸 실컷 했으니 남들의 취향에 맞추려고 노력만 하다 끝내 인정받지 못하는 것보다는 낫지 않은가.

**모두를 맞추려다간 아무도 못 맞출 수 있다.**

그러니 많은 사람에게 잘 보이려 하지 말고, 우리 모두 자신만의 수염을 기르자. 무난한 사람보다는 개성 있는 사람이 되자. 안티를 두려워하지 말자. 우리가 개성을 두려워하는 이유는 많은 사람에게 사랑받고 싶은 유치한(?) 마음 때문이라는 걸 되새긴다면 선택은 한결 가벼워진다.

그나저나 이런 이야기는 성공한 사람이 해야 설득력이 있는데, 나처럼 아무것도 이루지 못한 사람이 하니까 설득력 무지 떨어진다. 미안하다. 그냥 사람들이 좋아할 만한 걸 찾는 게 나을지도 모르겠다. 부디 건투를 빈다.

**"우리도 외국 가서 식당이나 할까? 하와이에서 김밥 말아 팔면 대박 날 거 같지 않아?"**

나만 이런 이야기를 들어본 게 아닐 것이다. 〈윤식당〉이란 프로그램이 한창 인기였을 때의 일이다. 이 정도면 대한민국 국민들의 마음에 불을 지른 게 아닐까 생각될 정도로 〈윤식당〉은 한국인들에게 새로운 로망을 안겨주었다. 경쟁이 치열한 한국을 떠나 여유로운 외국에 나가서 장사하는 로망 말이다. 어떻게 사는 것이 행복한 삶일까 하는 고민과 함께…….

사실 자신의 가게를 열고 싶다는 국민적(?) 열망은 이전부터 있었다. 회사에 다닐 때였다. 남자 동료들은 모이기만 하면 앞으로 뭘 해먹고 살까 하는 문제를 고민했다. 그리고 그 중심엔 언제나 자영업이 있었다.

카페는 너무 많아. 당구장도 은근 괜찮다던데. 제주도에서 게스트하우스 어때? 요즘은 핫도그가 뜬대요. 에이, 프랜차이즈는 본사만 돈 버는 거라 별로. 그래도 프랜차이즈가 안전하지 않나? 그렇게 각자 생각해뒀던 아이템과 정보들을 하나씩 꺼내놓고는 계산기를 두드려가며 신중하게 분석하고 그 가능성을 타진해보곤 했다. 결론은 늘 가게를 차릴 돈이 없다는 거였지만…….

뿐만 아니라 과장 조금 보태 내 주변의 여자들이 모두 카페를 하는 게 꿈이라는 이야기를 들었을 때는 정말 충격이었다. 뭐지? 대한민국에 무슨 일이 벌어지고 있는 거지? 이 정도면 '장사의 민족'이라고 불러도 될 정도가 아닌가. 언제부터 한국인들에게 장사의 DNA가 심어진 걸까?

딱히 내 가게를 열고 싶다는 열망이 없는 나는 주변의 이런 열망들을 들을 때마다 찬물을 끼얹기 바빴다. 장사가 그렇게 쉬운 게 아니야. 열에 아홉은 1년 안에 망한다던데? 일과 일상이 분리되지 않아서 마음 편히 쉴 수도 없고, 매상 걱정에 잠도 못 이룬대. 진상 손님 몇 명 겪어보면 내가 이러려고 장사했나 싶을걸 등등. 얄미운 이야기들로 그들의 의지를 꺾어보려고 했다. 그렇게 딴지를 걸다가 어느 순간부턴 그런 부정적인 이야기를 하지 말아야겠다고 생각했다.

그들이 '자신만의 가게'를 열망하는 것은 불만족스러운 현재와 불안한 미래에 대한 한숨 내지는 고민일 뿐 장사하는 것이 정말 일생일대의 꿈도 목표도 아님을 알았기 때문이다. 버젓이 직업이 있고 직장에 다니는 사람들이 가게를 차리고 싶어한다는 건 지금 하는 일이 힘들고 언제까지 이 일을 할 수 있을까 불안해한다는 뜻이기도 하다.

직장 생활을 해본 사람들은 알겠지만 남의 밑에서 월급 받는 게 참 쉽지가 않다. 한마디로 치사하다. 정녕 돈은 이렇게밖에 벌 수 없는 건가. 좀 더 자존감과 품위를 지키며 돈을 벌 수 있는 방법은 없는가. 고민이 여기까지 이르면 힘들게 들어간 직장이고 나발이고 쌓아온 경력도 다 버리고 '내 일'을 하는 게 속 편하겠다는 생각도 무리는 아니다.

늘어난 수명은 또 어떠한가. 맙소사 백세 시대란다. 은퇴가 멀지 않았는데 퇴직금과 연금만으로 생활하기엔 노후가 너무 길어졌다. 자식들에게 기댈 수 있는 시대도 아니다. 젊을 때

돈을 왕창 벌어 놓거나 늙어서도 돈을 계속 벌어야 한다는 이야기니 지속 가능한 다른 밥벌이를 고민할 수밖에. 그래서 시간만 나면 뭘 하며 먹고살까 궁리를 한다.

평생직장, 평생직업이 사라진 시대가 왔다. 한 가지 일만으론 긴 시간을 살아내기 힘들다. 새로운 직업을 미리 고민하지 않을 수 없는 시대다. 그래서일까? 요즘 한국은 아이부터 어른까지 전 국민이 진로 탐색을 하고 있는 것 같다. 그런데 신기한 건 이 모든 고민이 깔때기처럼 장사라는 한 가지 답으로 수렴된다는 점이다. 아마도 장사 외엔 딱히 떠오르는 대안이 없기 때문일 것이다. 나만 해도 지금 이 일을 하지 않으면 뭘 해야 할지 잘 떠오르지 않는다.

한국은 은퇴 후에 자영업 말고는 별 대안이 없는 사회다. 우리는 대학 입시와 취직이라는 한 가지 길로 내몰렸다가 또다시 자영업이라는 한 가지 길로 내몰리고 있는지도 모른다. 큰일이다. 전 국민이 장사를 할 수도 없는 노릇이고 대책이 필요하다. 혹시 〈윤식당〉은 전 국민의 자영업을 대비해서 더 넓은 시장을 열어주고 싶었던 나영석 PD의 큰 그림이 아닐까? 답답해서 농담 한번 해봤습니다.

## 왜 한국인들은 늘 한 가지 길이 정답인 것처럼 우르르 몰려가는 걸까?

개개인의 문제로 치부하기엔 너무나 집단적이다. 한때 은퇴한 중년들이 모두 치킨집을 열었다는 우스갯소리는 그냥 나온 것이 아니다. 한국 사회는 다양성이 결여된 정답 사회다.

백세 시대면 은퇴 후에도 30년에서 40년 정도의 시간이 있다는 이야기다. 물론 체력이 젊을 때 같진 않겠지만 새로운 것을 배우고 익혀 장인의 경지에 이르기에도 충분한 시간이 아닌가. 사진을 배워 사진 작가가 될 수도 있고, 평소 즐겨 마시던 와인을 공부해 소믈리에가 될 수도 있고, 소설을 써서 소설가가 될 수도 있지 않을까? 창업 아이템에 관한 고민 말고 이런 고민거리는 왜 들을 수 없는 걸까?

다 늙어서 그런 걸 어떻게 하냐고, 한국에서 그게 가능하냐고 묻고 싶어진다면 우리는 이미 정답 사회에 완전히 적응한 셈이다. 그런 우리에게 남은 건 제2, 제3의 '치킨집' 아이템을 찾는 것뿐이다. 그렇게 우르르 몰려가 아이템의 매력을 빠르게 소진하고 과도한 경쟁으로 공멸하고 말겠지. 그런 걸 너무 많이 봐왔다.

난 이제야 깨달았어.
지금까지의 내 삶은
취킨을 튀기기 위한
기나긴 여정이었음을!
맨살에 앞치마!
그건 내 신혼로망이라고.
더럽히지 마!
은퇴 후엔 모두 치킨집을 차리게 되어 있다
득도 식당

장사를 비난하려는 게 아니다. 돈이 많으면 많을수록 살기 편한 세상이니 돈 되는 일에 사람이 몰리는 걸 어찌 말릴 수 있을까. 단지 좀 더 다양한 방식의 삶과 밥벌이가 가능한 사회가 됐으면 하는 바람이다. 더 나아가 돈을 많이 벌지 않아도 행복하게 살 수 있고, 무시당하지 않고, 비참하지 않은 세상, '헬조선'이 아닌 그런 한국을 꿈꿔본다. 그래서 〈윤식당〉은 판타지다. 한국에선 불가능할 낭만과 여유가 있는 밥벌이니까 말이다.

그림책《100만 번 산 고양이》의 작가 사노 요코는 암에 걸려 시한부 선고를 받았을 때 '아, 이제 돈을 안 벌어도 되겠구나'라고 생각하며 안도했다고 한다. 다양성도 다양성이지만 원래 밥벌이라는 게 지긋지긋한 것인지도 모르겠다.

그나저나 나는 앞으로 뭘 해서 먹고살지? 아, 지긋지긋하다.

가끔 남성 잡지를 읽는다. 일부러 사서 읽는 편은 아니고 카페에 비치되어 있는 것을 읽는 정도다. 패션, 라이프스타일, 여행, 예술, 자동차, 음식, 섹스……. 잡지 속엔 사람이 가질 수 있는 온갖 관심거리가 들어 있어 읽다 보면 시간이 잘 간다. 최신 트렌드를 익히는 데도 도움이 된다. 아, 요즘은 이런 게 인기구나. 전혀 트렌디하게 살고 있진 않지만 트렌드 지식만은 놓치고 싶지 않은 기분이랄까.

그런데 흥미롭게 모든 섹션을 읽고 나서 잡지를 덮으면 이상하게 공허하고 씁쓸한 기분이 든다. 커피를 너무 마셔서 그런가? 아니다. 잡지를 읽는 내내 마주하게 되는 이런 문구들 때문이다.

'애써 꾸미고 싶지 않은 날, 무심하게 걸치기 좋은 블랙 카디건. 120만 원'

아아, 날 농락하고 있어. 정녕 백만 원이 넘는 카디건을 무심하게 걸칠 수 있단 말인가. 아니 그 전에 카디건을 백만 원 넘는 돈을 주고 살 수 있단 말인가. 이게 가능한 사람은 누구인가. 물론 그게 가능한 사람들이 있겠지만, 이건 대중 잡지가 아니던가. 대중이 공감할 수 없는 이런 문구를 적는 이유는 뭘까. 마치 이런 문구들은 "너 같은 사람이 공감하라고 적은 게 아니야"라고 말을 거는 것 같다. 아, 이 모욕감.

이런 모욕의 글들은 잡지 곳곳에서 어렵지 않게 발견할 수 있다. 가볍게 들기 좋은 가방이 500만 원(어이, 가격이 가볍지 않다고). 자동차도 패션처럼 그날의 분위기에 맞게 바꿔 탄다는 자동차 애호가 인터뷰(가만, 나이가…… 너 스물여덟 살이구나). 시계가 많지만 아버지가 물려주신 롤렉스 시계를 가장 아낀다는 젊은 사업가(이봐, 롤렉스 차는 아버지를 둔 게냐). 이런 것들을 읽고 난 후엔 너덜너덜해진 마음을 추스르기 힘들다.

이렇게 살아야 인생이지.
히힛~ 약 오르지?

자연스럽게 내 삶을 비교하게 되는데, 그러면 정해진 답은 하나다. '내 삶은 삶이 아니야. 이건 똥이라고.' 잡지, 나한테 왜 이러세요?

알랭 드 보통의 소설 《우리는 사랑일까》엔 우리가 궁금해하는 잡지의 본질에 대한 힌트가 들어 있다.

> 잡지는 엘리스를 불행하게 만들어야 했다. 잡지는 지금 입은 옷을 한 해 더 입어도 된다든지, 외모는 중요하지 않다든지, 유명한 사람을 안다거나 침실 색깔이 무엇인지는 문제가 되지 않는다고 말할 수 없었다. 그녀는 의상 난을 보면 자신의 옷장에는 없는 옷 때문에 서글펐고, 여가 난을 보면 자신이 가보지 못한 세계 곳곳의 햇살 눈부신 장소들이 떠올랐다. '삶의 스타일'이라는 난을 보면, 자신에게는 아마 제대로 된 삶도 없고 스타일은 틀림없이 없다는 느낌이 확고해져서 자존심이 상했다.
>
> _《우리는 사랑일까》 중에서

그렇다. 잡지의 목적은 읽는 이에게 좌절감을 안겨주는 데 있다. 그리고 그런 좌절감은 고도의 계산된 상술이다. 많은 사람이 명품을 욕망하는 이유는 그것을 쉽게 살 수 없다는 데 있다. 그런 좌절감이 명품의 가치를 높인다. 좌절은 더욱 그것을 욕망하게 하고 기어이 그것을 산 사람들은 그제야 좌절감에서 벗어난 기쁨을 누린다. 동시에 아직 사지 못한 사람들에게 또 다른 좌절감을 안겨줌으로써 잠시나마 우월감도 맛본다. 그러나 그런 기쁨은 금세 사라지고 만다. 나를 좌절시킬 것들은 끝없이 쏟아지니까.

높은 가격으로 좌절하지 않는 부자들에게도 좌절의 마케팅은 유효하다. 나의 좌절이 아닌 타인의 좌절 말이다. 남들은 비싸서 못 산다는 사실만으로도 그들의 지갑은 열린다. 어느 철학자가 그러지 않았는가. 부의 진정한 목적은 과시라고. 아무튼. 그런 좌절을 기반으로 한 상품과 서비스들을 모아 정보라는 이름으로 포장하여 광고하는 전단이 바로 잡지다. 그러니 내가 잡지를 읽으며 좌절하는 게 당연하지. 그러라고 만든 거니까. 에이, 그런 것도 모르고 괜히 마음 상했잖아. 몰라 몰라.

잡지만 그런 좌절을 주는 건 아니다. 요즘은 모든 매체가 나를 좌절시키고 불행하게 만들려고 작정을 한 것처럼 느껴진다.

세상은 우리가 불행하다고 속인다. 불행하지 않으려면 더 많은 것을 가져야 한다고 속삭이면서.

없던 욕망도 생기게 만드는 것이 자본주의가 굴러가는 방식이다. 그런 자본주의 속에서 속지 않고 살아가기란 쉽지 않다. 속지 않으려면 끊임없이 나 자신에게 물어야 한다.

'지금 내 욕망은 어디서 온 것일까?'
'나는 진짜 불행한 것일까?'
'나는 세상에 속지 않고 살아가고 있는 것일까?'

카페에 가서 습관처럼 이달에 새로 나온 잡지를 집어든다. 아예 읽지 않는 것이 정신 건강에 좋겠지만 잡지의 목적을 알고 난 후엔 예전만큼 괴롭지 않다. 이제는 알았으니 속지 않고 좌절하지 않고 재미있게 읽을 자신이 생겼다. 실제로 잡지 속엔 흥미롭고 재미난 것들이 많다. 뭐 이런 것들이 미끼인지도 모르지만 미끼만 먹고 달아나는 물고기의 마음으로 잡지를 펼친다. 난 그리 호락호락하지 않다. 넌 나를 좌절시킬 수 없어.

페이지를 넘긴다. '유행 지난 꼴불견 패션'이란 칼럼에 눈이 꽂힌다. 한 스타일리스트가 워크 부츠는 유행이 지나서 꼴불견이란다. 이런, 작년에는 머스트 해브 아이템이라며? 내가 산 건 1년짜리 머스트 해브 아이템이었냐? 머스트(must)의 뜻을 알기나 하는 거야?

아아, 속았다. 나를 능멸하다니. 말리지 마라. 내 이놈의 잡지를 그냥 확! 다 같이 보는 잡지라 찢을 수 없어서 제자리에 꽂아놓았다. 유난히 커피가 쓰다.

# 나이가 무거워질 나이

문득 나이를 많이 먹었다고 느끼는 순간들이 있다. 최근에 기억에 남는 건 '성시경' 사건이다. 버스를 타고 집으로 가던 중이었다. 차창 밖 야경은 아름다웠고 기사님이 틀어놓은 라디오에선 성시경의 노래가 흘러나왔다. 분위기에 취했던 탓일까? 무방비 상태에서 노래를 듣고 있다가 나도 모르게 '아, 목소리 좋다'라고 생각해버린 것이다. 아아, 올 것이 왔구나. 성시경의 목소리를 감미롭다고 생각하다니. 내가? 나 남잔데. 미쳤어, 정말.

성시경의 노래를 그렇게 많이 들었어도 단 한 번도 좋다고 생각한 적 없던 내가……. 나이가 들면 여성호르몬이 많아진다더니, 이건 내가 아니고 호르몬이 좋아하는 거다. 그날 나는 여성호르몬에 지지 않기 위해 액션 영화를 시청했다.

요즘은 내 나이가 적지 않음을 상대의 반응을 통해 느낀다. 가끔 그림 의뢰 때문에 출판사 편집자들과 미팅을 할 때가 있는데, 신나게 수다를 떨다 보면 어김없이 이런 질문이 날아온다.

"저, 죄송한데 나이가 어떻게 되세요?"

나이를 물어보는 게 딱히 실례가 된다고 생각하지 않고, 오히려 물어보는 게 자연스럽다고 생각하면서도 잠시 머뭇거리게 된다. 잊고 있던 나이가 생각나서다. 내가 몇 살이더라? 뭐? 벌써 그렇게 많이 먹었어? 이런, 창피하다. 아, 말하기 싫다.

간신히 부끄러운 두 자리 숫자를 말하면 어김없이 이런 대답이 돌아온다.

"전혀 그렇게 안 보여요. 완전 동안이시네요."

아, 위로다. 출판사 편집자들은 이렇게 마음이 착하다. 고맙지만 실제 동안인지 아닌지, 중요한 건 그게 아니다. 내 나이가 "그렇게 안 보여요"에서 '그렇게'인 사실은 변하지 않으니까 말이다.

나이를 많이 먹어서 죄송합니다

누구나 나이를 먹고 늙어가는 건데, 그런 것들이 창피하고 부끄러울 이유가 아니라는 걸 알면서도 왜 이런 마음이 드는 걸까?

아마도 그 마음의 바탕에는 '이 나이 먹도록'이라는 정서가 깔린 것 같다. 이 나이 먹도록 이룬 것도 없고, 가진 것도 없고, 젊을 때 했던 실수를 계속 반복하고 후회하고 방황하는 나라서 나이 먹은 걸 자신 있게 말하지 못하고 부끄러워하는 게 아닐까? 사람마다 각자의 속도가 있다고 말하고 다녔는데, 정작 나는 '이 나이 먹도록'이라는 생각을 하고 있었다니 나도 모르는 사이에 조바심을 내고 있었나 보다. 나이를 먹을수록 누군가 쫓아오는 것 같은 기분이 드는 건 나뿐인가?

나는 나이로 인한 조급함을 줄이기 위해 나이를 줄이기로 했다. 주민등록상의 실제 나이를 줄일 수는 없으니 스스로 어리다고 생각하기로 한 것이다. 지금의 내 나이를 생각하면 '한 푼이라도 더 벌어야지. 뭐 이런 쓸데없는 걸 쓰고 있어? 아직도 청춘인 줄 알아?'라는 생각이 떠나질 않기 때문이다. 어른들이 "내가 10년만 젊었어도"라는 말을 하는 건 다 그런 이유다. 도전해보고 싶은 일이 있는데 나이가 들어서 못한다는 말은 얼마나 슬픈가.

나는 주로 인터넷을 통해 그림을 알리고, 글도 쓰고, 일도 주고받으니 인터넷의 가면 뒤에 숨어 나이를 줄일 수 있을 것 같았다. 악플을 달거나 사기를 치지 않는다면 가면도 꽤 유용한 도구가 된다.

그럼 우선 나이를 정해야지. 돈은 안 되지만, 재미있는 일에 도전해도 괜찮은 나이는 몇 살일까? 마음 같아선 20대로 해버리고 싶지만 그건 너무 염치가 없고. 그래, 서른두 살이 좋겠다. 아, 진짜 그 나이로 돌아간다면 무엇이든 다 할 수 있을 것만 같다. 그때는 왜 그걸 몰랐을까? 어쨌든.

나이는 정해졌다. 대학 졸업 후 직장 생활을 몇 년 하다가 돈은 안 돼도 재미있는 일을 하기 위해 새로운 도전을 하는 서른두 살의 남자. 그게 내 콘셉트다. 누구를 속이기 위함이 아니고 나 자신을 속이기 위함이다. 다른 사람들도 그렇게 믿어준다면 감정이입이 더 잘될 것 같다. 부탁한다.

그렇게 콘셉트를 정하고 나니 마음이 한결 가벼워졌다. 그래, 난 아직 젊고 시간이 많아. 겨우 서른두 살이잖아. 실패해도 괜찮아. 그렇게 용기를 내어 이 에세이를 시작했다. 에세이 하나 쓰는데 무슨 용기가 필요하냐고 물을지 모르지만 내 나이가 되면 이런 것도 엄청난 용기가 필요하다. 해야 할 이유는 한 가지인데 하지 말아야 할 이유는 이렇게 머릿속을 꽉 채우니 말이다.

우리의 영혼은 늙어가는 육체에 갇혀 있다. 내 영혼이 아무리 자유롭다고 한들 나이 먹는 것으로부터 완전히 자유로울 수 없다. 그래서 가끔은 나이를 잊어버리는 것이 좋다. 특히 하고 싶은 일이 있을 때는 말이다.

나이가 들어 좋은 점도 있다. 예를 들면 플레이리스트에 아티스트가 하나 더 는다든가. 누구의 노래인지는 말하지 않겠다.

성시경 씨, 언제 술 한잔해요. 당신의 목소리에 취하고 싶네요.

# 겉으로 보이지 않는 것

잘 마른 빨래를 차곡차곡 개는 것을 좋아한다. 가끔은 귀찮아 소파 위에 며칠을 쌓아둘 때도 있지만 대개는 즐거운 마음으로 빨래를 갠다. 옷장에서 꺼내 입었던 옷을 다시 옷장으로 돌려보내는 일이 좋다. 다음 번에 또 입을 수 있게 종류에 맞게 각을 잡아 잘 준비시켜놓으면 왠지 마음이 뿌듯하다. 월동 준비하는 마음이 이런 거랑 비슷하려나?

어렸을 때 엄마는 가난한 티가 날까 봐 내게 항상 깨끗한 옷을 입혔다. 집에 세탁기도 없던 시절이었으니 무조건 손빨래였다. 그 힘든 걸 마다하지 않던 엄마. 자식이 나만 있는 것도 아니었으니 그 수고로움은 말로 하기 힘들다.

엄마에겐 미안하지만 그런 수고에도 불구하고 가난한 티가 났다. 좀 많이. 내 옷들은 옷 자체가 좀 후줄근했다고 할까. 대부분 누가 입다 준 옷이었다. 사이즈만 맞으면 어울리건 말건 상태가 어떻든 간에 그냥 입었다. 그런 빈티지한 옷들은 깨끗이 빨아도 티가 났다. 빈티가.

더 근본적인 원인은 내 얼굴에 있었다. 패션의 완성은 얼굴이라고 하지 않나. 세수를 열심히 하는데도 이상하게 꾀죄죄했다. 가난은 좀처럼 감출 수가 없는가 보다.

이젠 옷을 사는 것도, 깨끗하게 빨아 입는 것도 내 몫이다. 내 옷차림은 전적으로 나에게 달려 있다. 내가 어떻게 보일지는 내가 정한다. 그래서 나는 꽤 옷차림에 신경을 쓴다.

유행하는 패션을 따라 입지는 않는다. 나만의 취향이 있다. 프린트나 장식이 없는 심플한 디자인, 돈을 더 들이더라도 좋은 재질, 몇 년이 지나도 촌스럽지 않을 베이식. 이런 기준들은 숱한 실수 끝에 만들어진 것이었다. 수없이 많은 옷이 나에게 왔다가 갔다. 옷 좀 입는다는 개그맨 홍록기는 한 인터뷰에서 이런 말을 했다.

"요단강 몇 번은 건너갔다 와야 자신에게 어울리는 옷을 입을 수 있다."

나 역시 그 강을 몇 번 건너갔다 왔다. 한때는 개성을 찾는답시고 튀는 옷만 입고 다녔다. 지금 생각하니 패션 테러리스트였다. 사진을 안 남겨두어서 다행이다. 지금 내 패션은 튀지 않는다. 평범하다. 그래도 가난한 티는 나지 않는다고 자평하고 있다. 엄마, 이번엔 성공이에요.

옷을 사는 것만큼이나 세탁하고 잘 정리하는 것도 중요하다. 항상 깨끗한 옷을 입을 것. 엄마에게 배운 것이다. 세탁도 자주 하고 빨래 개는 걸 미루지 말자. 늘 스스로 다짐한다.

빨래를 개려고 속옷 하나를 집어 들었다. 낡았다. 5년 전쯤, 여러 장의 속옷을 한꺼번에 샀는데, 그중 하나였다. 그 이후로는 속옷을 한 장도 사지 않았다. 내 옷장엔 그보다 더 오래된 속옷들도 있었다. 매일 갈아입는 속옷이니 세탁기와 옷장을 수도 없이 오갔으리라. 당연히 낡을 수밖에.

알뜰하다고도 봐줄 수 있지만 그건 너무 불공정한 대우였다. 내 소중한 곳(?)을 감싸주는 고마운 팬티에 이렇게 무심했다니. 늘 내 피부와 가장 가까운 최전방에서 수고를 아끼지 않은 팬티였다. 좀 더 신경을 써야 했는데. 이렇게 낡을 때까지 두는 게 아니었다. 5년 동안 겉옷은 뻔질나게 사댔으면서……. 내가 낡을 때까지 입었던 겉옷이 하나라도 있었던가.

아 유 오케이?

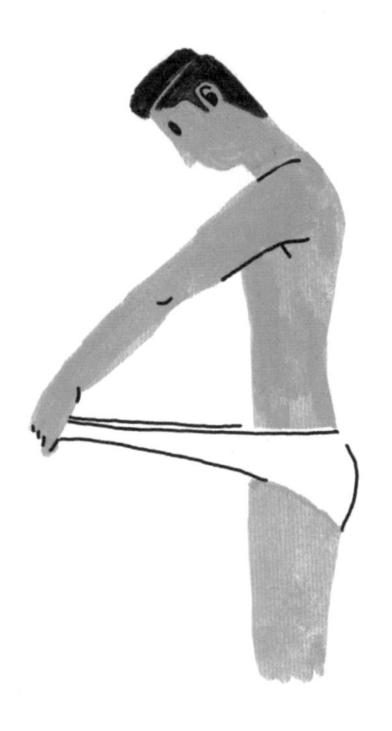

속옷은 언제나 겉옷에 밀려 뒷전이었다. 이유는 단 하나, 겉으로 보이지 않기 때문이었다.

**나는 겉으로 보이는 것에 더 가치를 두는 사람이었나 보다.**

이건 단순히 속옷만의 문제가 아니었다. 내 삶 전체가 이런 식은 아니었을까? 나는 겉모습을 꾸미는 데 많은 돈과 시간을 들이며 살아왔다. 내가 어떻게 보일지 걱정하면서 말이다. 하지만 내면은 자주 들여다보지 않았다. 채워졌는지, 비었는지, 채워졌다면 무엇으로 채웠는지, 앞으로 무엇을 더 채우고 싶은지 전혀 신경 쓰지 않았다.

고작 책 몇 권 읽는다고 내면이 채워지는 것은 아닐 거다. 그마저도 아까워하지 않았던가. 책 한 권보단 옷 한 벌이 더 유용하다고 생각했다. 반성하오, 반성하오.

눈에 보이는 것만 신경 쓰는 사람이 되고 싶진 않다. 속도 괜찮은 사람이고 싶다. 그래야 진짜 멋있는 어른이니까. 속을 자주 들여다봐야지. 그런 의미에서 속옷을 몇 벌 사야겠다. 이건 쇼핑이 아니다. 내면을 위한 아주 중요한 첫걸음이다. 진짜라니까.

얼마 전, 상업적인 그림을 그리는 나와는 다르게 순수 회화 작업을 하는 친한 동생으로부터 전화가 왔다. 그는 몇 년간 미술 강의와 자신의 작업을 병행해왔는데 항상 작업 시간이 부족한 것을 안타까워했다. 그렇다고 강의를 그만둘 수도 없었다. 그림 작업만으로는 당장 돈이 생기는 게 아니니까.

그림을 그리고 싶은데 돈이 필요했다. 그래서 정규적인 직장 대신 시간 활용이 좀 더 유연한 파트 타임 강의를 택했지만 그마저도 쉽지 않은 모양이었다. 그런 그를 보다 못한 어머니가 조용히 그를 불러 말씀하셨다. 그 내용인즉슨 공부 머리가 남아 있을 때 공무원 시험이라도 준비해보는 것이 어떻겠

냐는 것이었다. 어머니의 눈에는 얼마나 그의 삶이 불안해 보였을까.

그림을 그릴 때면 문득 너무 행복한 기분이 몰려와 붓을 내려놓고 가만히 눈을 감는다는 그였다. 그런 그를 알기에 내 마음은 무겁게 가라앉았다. 아들의 미래를 걱정하는 어머니의 마음이야 어찌 모르겠냐만 그림 그리는 걸 업(業)으로 삼고 싶은 사람에게 공무원이라니.

오죽 답답했으면 나에게 전화했을까. 그러나 나라고 뾰족한 답이 있겠는가. 내 앞가림도 힘든 주제에, 어머니 말씀대로 하렴 혹은 그래도 네 꿈을 좇으렴 하고 선뜻 말할 수 없었다. 내가 말할 수 있는 거라곤 적어도 남 탓할 선택은 하지 말라는 것이었다.

어머니 말대로 공무원 시험을 준비한다고 해도 바로 합격하는 것도 아니고 몇 년간 공시생 생활을 하다 결국 포기하게 될 수도 있다. 그럼 누굴 탓하겠는가. 만약 아주 운이 좋아 붙었다고 치자. 화가가 되기를 바랐던 그가 공무원이 되면 어머니를 원망하지 않을까? 그때 계속 그림을 그렸더라면 어떻게 됐을지 생각하며 후회의 나날을 보낼지도 모르는 일이다.

**자신의 마음을 따르면 적어도 남을 탓할 일은 없다.**

성공해도 실패해도 다 내 책임이다. 그러면 인생이 좀 덜 억울하다. 내 인생이니 당연히 그래야 하는 게 아닐까?

"이게 다 엄마 때문이야!"

어차피 남에게 책임지라고 따져봤자 소용없는 짓이다. 이건 내 인생이고 지나간 시간은 되돌릴 수 없다. 내가 말하지 않았나. 꿈을 좇으려면 불효자가 될 각오를 해야 한다고.

며칠 후, 그에게서 다시 전화가 왔다. 그는 결정을 내린 듯했다. 부모님을 잘 설득해서 1년의 시간을 벌었단다. 내 말을 따른 건 아니고 이미 그의 마음속에 답이 있었던 모양이다. 단지 자신의 결정에 확신을 얻고 싶었을 뿐이었는지도 모르겠다. 그나저나 1년이 지난 후에는 어떻게 해야 할까.

**시도가 낳은 모든 것들은 당신을 시험한다.**
**당신이 그것을 얼마나 원하는지를.**
**거부를 당한다 해도 그 일을 할 것인가를.**

_영화 〈삶의 가장자리〉 중에서

꿈이 있다는 건 분명 설레는 일이다. 하지만 꿈을 향해 간다는 건 혹독한 고통의 길이기도 하다. 그 고통을 다 참아내고 끝까지 가면 꿈을 이룰 수 있다고 말해주고 싶지만 사실은 그렇지 않다. 어떤 사람은 꿈을 이루고, 어떤 사람은 꿈을 이루지 못한다. 그리고 현실은 후자의 경우가 훨씬 많다. 가능성도 작고 고통스러운 길이니 차라리 꿈을 꾸지 말라고 말해주고 싶다. 아, 부모님들이 반대하는 이유가 이거구나. 자식이 너무 힘들까 봐. 꿈을 이루지 못하고 너무 상심할까 봐.

부모님의 마음은 너무도 감사하지만, 우리는 이 고통의 길을 아니 갈 수 없다. 힘들어도 망해도 이건 내 삶이니까. 그러고 보면 꿈을 꾸는 건 짝사랑과 같다. 그 사람과 연인이 될 가능성을 따져보고 좋아하는 게 아니지 않나. 그냥 좋아하게 되는 것이다. 좋아하는 마음을 막을 수 없어서 짝사랑을 하는 거다. 날 받아줄지 거부할지 알 수 없지만, 우리는 꿈을 꾼다.

애초에 꿈이 생기지 않았더라면 더 좋았을지도 모른다. 하지만 이미 꿈이 생겼는데 어찌하랴. 꿈이 생겼다고 꼭 꿈을 좇아야 한다고 생각하지 않는다. 그것이 어떤 고통을 의미하는지 잘 알기 때문이다. 모든 사람이 그 고통을 감당할 수 있는 것도, 감당해야 하는 것도 아니다. 하지만 한번 시도해보는 걸 권하고 싶다. 해보지도 않고 포기하기엔 마음에 오래 남을 것 같지 않나? 우리에겐 시도해볼 권리가 있다. 비록 그것이 이루어지지 않는 사랑이라고 해도 말이다. 꼭 이뤄져야만 의미 있는 사랑은 아니니까.

시도도 안 해보고 포기하는 건
바보 같은 짓이라고!

# 이야기 속에 담긴 인생

결코 책을 많이 읽는다고 할 수 없지만, 책을 꽤 좋아한다. 책은 어릴 때부터 혼자 놀기의 달인이었던 나의 가장 좋은 친구이자 유일한 오락거리였다. 초등학생 무렵엔 추리소설을 즐겨 읽었다.《셜록 홈즈》시리즈라든지, 애거서 크리스티의 추리소설을 주로 읽었다. 범인을 찾아 끝을 향해 달려가는 이야기의 단순함, 범인이 밝혀졌을 때의 통쾌함이 좋았다.

범인은 언제나 생각지도 못한 인물이었다. 인간에 대한 이해가 짧은 어린이가 아무리 추리해봤자 범인을 찾는 건 처음부터 불가능했다. 그래도 추리소설은 재미있었다. 아마 범인을 찾는 것보다 금지된 어른들의 세계를 엿보는 재미에 빠져

들었던 게 아니었나 싶다. 살인은 주로 돈 아니면 치정 때문에 일어나고, 그 욕망을 지켜보는 재미가 쏠쏠했다. 하지만 어른들은 어린이가 추리소설을 읽는 것을 반기지 않았다. 좀 더 공부에 도움이 될 만한 책을 읽으라고 했다. 흥, 자기들만 재미있는 걸 읽으려고!

중학생이 되어서는 만화책을 즐겨 읽었다. 1990년대에 들어서며 금지됐던 일본 만화들이 국내에 들어오기 시작했다. 《슬램덩크》, 《드래곤볼》, 《시티헌터》, 《오렌지 로드》, 《란마 1/2》…… 닥치는 대로 일본 만화를 읽었는데, 그야말로 신세계였다. 《아기공룡 둘리》나 《달려라 하니》 같은 착한(?) 국내 만화만 보다가 일본 만화를 봤을 때의 충격이란……. 이유식만 먹다가 처음으로 간이 된 음식을 먹었을 때의 신선한 충격과 같았다. 엄청난 자극과 쾌락에 눈이 번쩍 뜨이는 그 전율을 잊을 수 없다.

대한민국을 식민 지배했던 일본은 싫지만 인정하지 않을 수 없었다. 일본 만화는 끝내줬고, 애국심으로는 어쩌지 못하는 것이었다. 이렇게 재미있는 이야기들을 오랫동안 즐겨왔을 그들을 생각하면 질투가 날 지경이었다.

하지만 어른들 눈에 만화책은, 특히 일본 만화는 해로운 것이었다. 어린 내가 보기에도 확실히 그랬다. 이토록 폭력적이고 선정적이라니. 원래 몸에 안 좋은 것이 더 맛있는 법. 그 맛을 포기할 수 없던 나는 어른들 몰래 숨어서 만화책을 읽었다. 어른이 되면 떳떳하게 읽을 수 있겠지? 빨리 어른이 되고 싶었다.

성인이 된 20대부터는 주로 소설을 읽었다. 좀 더 복잡하고 깊은 이야기를 원하면서 자연스럽게 소설을 집어 들었다. 이젠 어엿한 어른이니 무엇을 읽든 별다른 간섭이 없어서 좋았다. 가끔 누군가가 읽을 게 얼마나 많은데 쓸데없이 소설을 읽느냐고 딴지를 걸어오기도 했지만…….

소설을 안 읽는 사람이 의외로 많다는 걸 나중에 알았다. 그들이 보기에 소설은 허황한 이야기고 쓸데없어 보일 것이다. 그보단 지식을 얻을 수 있는 책이 유익하다고 생각할 테지. 맞다. 소설은 별로 유용한 책은 아니다. 그런데도 나는 소설이 좋았다. 그 쓸데없음이 좋달까? 오히려 지식과 교양, 자기계발을 위한 책에는 손이 가질 않았다. 그런 책을 읽으면 왠지 공부하는 기분이었다. 나는 공부가 싫다.

따지고 보면 나의 독서는 늘 쓸데없는 것들이었다. 순전히 에에? 소설? 그런 쓸데없는 거 읽을 시간에 자기계발을 하는 게 어때?
이건 자기계발보다 중요한 자기이해라고.
비행
김애란

재미를 위한 책을 읽었기에 편식이 심했다. 그리고 그 중심은 언제나 이야기였다. 주인공이 어떤 갈등을 겪고, 어떤 기분을 느끼고, 어떻게 그것을 이겨내는지(혹은 어떻게 망하는지)가 내 유일한 호기심이었다.

나는 이야기로 된 대부분을 좋아한다. 소설이나 만화뿐만이 아니라 영화도 엄청 좋아한다. 술자리에서 사람들의 이야기를 듣는 것도 좋아한다. 끊임없이 이야기를 수집하는 사람처럼 이야기를 읽고 보고 듣는다. 그런데도 질리지 않으니 이 정도면 스토리 중독이라 불러도 좋을 것 같다. 이야기가 뭐길래.

이야기는 인생이다. 다양한 인생이 이야기 속에 있다. 그러니까 나는 인생에 중독된 셈이다. 읽어도 읽어도 새롭고, 이해가 되지 않는다. 그래서 궁금하고 재미있다.

알랭 드 보통은 그의 저서 《불안》에서 이런 이야기를 했다. 가십거리를 주로 싣는 신문사에서 문학작품에 대한 헤드라인을 뽑는다면 이렇게 될 거라고.

오셀로 "사랑에 눈이 먼 이민자, 원로원 의원의 딸을 죽이다"

마담보바리 "쇼핑중독의 간통녀, 신용사기 후 비소를 삼키다"

## 오이디푸스 왕 "어머니와 동침으로 눈이 멀다"

_《불안》 중에서

긴 사연과 과정을 건너뛰고 결과만을 요약하면 이렇게 된다. 이야기를 무시한 대가는 이처럼 냉혹하다. 비극적인 주인공들에 대한 공감과 이해는 사라지고 그 자리에 조롱과 경멸이 자리하게 된다.

그런 식으로 하면 내가 좋아하는 영화인 〈화양연화〉는 "아내의 불륜 상대남의 부인과 사랑에 빠지다"로, 〈조제, 호랑이 그리고 물고기들〉은 "지체 장애 여성과 사랑에 빠진 청년, 결국 한계를 극복 못하고 이별"로 요약된다. 나는 그것을 용납할 수가 없다. 이 이야기들은 내게 가장 아름답고 슬픈 사랑 이야기로 기억되기 때문이다. 그것을 단순히 부도덕한 관계라거나 결혼으로 이어지지 않았으니 실패한 연애쯤으로 치부하는 건 뭔가 좀 억울하다. 아마 이 영화를 본 사람들도 나와 같은 생각이지 않을까?

주인공들의 이야기를 처음부터 끝까지 봤다면 이렇게 단순히 세간의 잣대로만 평가할 수 없을 것이다. 그리고 잊지 말아야 할 건 우리의 삶도 그와 같다는 점이다. 모두의 삶은 가십 헤드라인이 아닌 아주 긴 이야기, 소설이기 때문이다.

"저 사람은 돈을 많이 벌었으니 성공한 인생이야."

"나는 원하던 대로 되지 못했으니 실패한 인생이야."

"결국 그 사람과 결혼하지 못했으니 이건 실패한 연애야."

"그 일로 크게 성공하지 못했으니 잘못된 선택이었어."

이야기를 잃어버리고 결과만으로 어떤 사람을 평가내리는 습관은 부메랑처럼 돌아와 내 삶을 평가한다. 내 삶을 실패로 만들고, 내가 했던 연애를 시간 낭비로 만들고 남들과의 단순한 비교로 내 삶을 비참하게 만드는 것이다. 하지만 그것은 사실이 아니다. 더 정확히 말하면 그렇게 보일 수도 있지만 그게 전부는 아니라는 이야기다. 우리에겐 겉으로 보이는 것 이상의 많은 이야기가 있다.

"내가 왕년에……"로 이어지는 아저씨들의 무용담 역시 자신의 이야기를 잊지 않으려는 몸부림은 아닐까? 지금은 볼품없으나 나에게도 빛나는 시절이 있었노라. 나에게도 이야기가 있노라. 이렇게 외치고 있는 건 아닐까? 그렇게 생각하니 아저씨들이 조금 귀엽게 느껴지려고 한다. 흠, 내가 아저씨라서 하는 소리는 아니다.

소설이 별로 유용하지 않다고 했던 말은 취소해야 할 것 같다. 사실 나는 많은 것들을 소설을 통해 배웠다. 내가 느끼는 설명 안 되는 감정들도 소설을 통해 더 잘 알게 됐고, 타인의 행동과 마음도 소설을 통해 조금이나마 더 이해하게 됐다.

**더 많은 이야기를 안다는 건 더 많은 이해를 하게 된다는 것일지도 모른다.**

내가 경험하는 하나의 생으론 이야기가 많이 부족하다. 그러므로 이해도 부족하다. 삶이, 세상이, 타인이 이해가 되지 않아 힘들다. 그래서 인간은 이야기를 발명했는지도 모른다. 난 이 발명이 참 좋다.

# 4

# 속도를 줄이면
# 다르게 보인다

## 나만의 속도로 살아갈 결심

식당에 가서 음식을 시켰는데 30분이 지나도록 음식이 나오지 않는다. 만약 그런 일이 일어난다면 어떤 기분이 들까?

주문이 안 들어간 건 아닌가 불안해하고, 음식이 왜 이렇게 늦냐 항의도 해보고, 죄송하다 조금만 더 기다려달라 사과를 들었지만 이미 기분은 상했고, 우리 음식이 나왔나 계속 힐끔거리게 되고, 혹시 나보다 늦게 온 사람이 먼저 음식을 받을까 감시하고, 이렇게 기다렸는데 맛만 없어봐라 마음속으로 협박도 하고, 막상 음식이 나와도 기다린 시간이 억울해 맛이 그저 그런 것 같고, 겨우 이런 음식 때문에 내 소중한 시간을 버렸나 하는 생각에 다시 화가 난다. 아무튼 그런 일이 일어난다면 분명 마음속에선 온갖 감정이 소용돌이칠 것이다. 기다리는 건 그다지 즐거운 일이 아니다. 그런데 그런 기다림이 아무렇지 않은 가게가 있다.

안국동에 즐겨 찾던 막걸리 집이 있었는데 거기가 그런 가게였다. 주인 혼자서 음식도 만들고 서빙도 하는 작은 가게였다. 그 가게 메뉴판 맨 앞엔 대충 이런 글이 적혀 있었다.

'제가 좀 느립니다. 음식이 나올 때까지 오래 기다리셔야 합니다. 죄송합니다'

음식을 오래 기다리는 것이 싫은 사람이야 그 글을 읽고 바로 나가겠지만 대부분은 단번에 한없이 마음이 너그러워져 흔쾌히 기다리는 것을 택한다. 원래 느리다는데 어쩌겠는가.

음식이 나오기까진 대충 20분에서 30분 정도가 걸리는데, 기다리는 동안 먼저 나온 막걸리를 홀짝거리며 대화를 나누다 보면 생각보다 안주가 빨리 나오는 기분이다. 음식 맛은 어찌나 좋은지, 이 정도면 한 시간도 기다릴 수 있겠다는 생각마저 드는 이상한 가게였다.

앞서 이야기했던 기다림과 사뭇 다른 여유로운 마음으로

기다릴 수 있었던 이유는 바로 메뉴판에 적힌 한 줄의 글 때문이었다고 확신한다. 처음부터 느리다고 인정하는 것이 사람들의 마음을 초조함에서 여유로움으로 바꿔놓았다. 평소 빨리빨리 정신없이 살아도 모두의 마음속엔 여유로움과 너그러움이 숨어 있다. 그것을 메뉴판의 안내문이 꺼내준 것이었다.

### 나만 뒤처지고 있는 건 아닐까?

누구나 한 번쯤은 이런 생각을 한다. 아니, 솔직히 너무 자주 한다. 남들은 모두 자리를 잡고, 무언가를 찾고, 이루고, 앞으로 달려가는 것 같은데, 나만 제자리인 것 같아 우리는 자주 불안하다.

뒤처지는 것. 그거 또 내가 전문이다. 나는 4수를 해서 대학에 갔고, 휴학도 했고, 스물다섯 살에 군대에 갔고, 서른이 넘은 늦은 나이에 대학을 졸업해선 3년간 백수로 지냈다. 이것만 봐도 나는 또래보다 6년에서 7년 정도 뒤처졌다.

나는 20대를 시작하면서부터 계속 뒤처진 채로 살고 있다. 어쩌면 태어나면서부터 뒤처졌는지도 모르겠다. 누가 그러지 않았나. 돈 많은 부모에게서 태어나는 것도 실력이라고.

그래도 다행스러운 건 내가 조금씩 앞으로 나아가고 있다는 점이다. 형편도 아주 조금씩 나아지고 있다. 때로는 그 변화가 너무 미미해서 나아가지 못하는 것처럼 보이지만, 돌아보면 분명 나는 나아져 있다. 그러니까 나는 느린 사람이다.

**내가 원래 좀 느려.**

나는 예전부터 그 사실을 인정해버렸다. 그리고 주변 사람들에게도 숨기지 않고 말하고 다녔다. 신기한 건 주변 사람들이 이래라저래라 잔소리하거나 한심해하지 않고 내 느린 속도를 인정해주었다는 사실이다. 심지어 나를 부러워하는 사람들도 종종 있다. 그런 반응을 보면서 나 역시 뒤처지고 있다는 불안함보다는 천천히 간다는 여유로움이 생겼다. 단골 막걸리 집 주인장의 느린 손을 탓하지 않고 기다리는 시간을 즐겼던 것처럼…….

나는 농담으로 남들보다 7년 뒤처지고 있으니 7년 정도 더 살면 되지 않느냐고 말한다. 아니면 또래들보다 7년 젊게 살고 있다고 생각해버린다. 나는 느린 만큼 젊게 산다. 느린 게 꼭 나쁜 것만은 아니다.

남들과 꼭 속도를 맞춰 살아야 하는 걸까? 사람들은 남들과 똑같이 살기 싫다고 말하면서도 왜 똑같이 맞추려고 애를 쓰고, 뒤처지면 불안해하는 걸까? 그리고 설령 뒤처지고, 느리다고 한들 그게 큰일일까? 사람은 각자의 속도가 있다. 자신의 속도를 잃어버리고 남들과 맞추려다 보면 괴로워진다. 남들과 다르게 천천히 걷는 것만으로도 남들과 전혀 다른 삶이 된다. 개성이다. 오우, 유니크!

내 삶이 완전히 불안하지 않다고는 말하지 못하겠다. 나도 종종 불안하다. 하지만 남들보다 뒤처진다는 불안은 크게 없다. 어차피 나는 느리니까. 그리고 천천히 가다 보니 남들은 저만치 앞서 뛰어가버려서 어느 쪽으로 따라가야 하는지 보이지 않는다. 그래서 나는 남들이 어디로 갔든 상관없이 그냥 내 길을 걸어갈 뿐이다. 같은 방향으로 가지 않으니 앞서가네, 뒤처지네 하는 비교 자체가 무의미하게 되어버렸다.

혹시 지금 뒤처지고 있는 건 아닐까 불안하다면 아마도 뒤처진 게 맞을 거다. 하지만 뒤쫓을 필요는 없다. 자신만의 속도와 길을 찾는 게 더 중요하다. 느린 건 창피한 게 아니다. 인정하자. 우린 뒤처졌다. 그래서 뭐 어쩌라고. 이런 뻔뻔함이 너무 좋다.

이왕 늦은 거 천천히 가면 어떨까? 인생도 더 길어졌는데 빨리 가서 뭐 하려고 그러나. 나 혼자 느릿느릿 가려니 외로워서 그런다. 같이 천천히 가자. 만약 모두가 합심해서 뛰지 않는다면 이 지긋지긋한 경쟁 사회도 달라질지 모른다. 정말이라니까.

내가 분명히 경고하는데, 출발 신호가 울리면
난 엄청나게 느린 속도로 걸어갈 거야.
지금까지 본 적 없는 아주 느린 걸음으로.
그러니까 그런 날 편하게 봐줬음 좋겠어.
나도 편하게 생각할 테니까.

# 꿩 대신 치킨

영화 〈태풍이 지나가고〉의 주인공 '료타'는 유명한 소설가가 되는 것이 꿈이지만 생활고 때문에 흥신소에서 일하며 사장 몰래 고객들을 협박해 뒷돈을 챙긴다. 료타가 고등학생에게 삥(?)을 뜯는 장면에서 이런 대사가 나온다.

"당신 같은 어른은 되고 싶지 않네요."

"한마디 하겠는데, 되고 싶다고 다 되는 줄 안다면 크게 착각하는 거다."

맞다. 이 영화를 만든 고레에다 히로카즈 감독의 말처럼 "모두가 되고 싶었던 어른이 되는 것은 아니다". 료타도 분명 고등학생 돈이나 뺏는 어른이 되고 싶었던 것은 아니었을 것이다. 나름 열심히 살았는데 살다 보니 그런 어른이 됐을 뿐.

나 역시 그렇다. 어린 시절 꿈꿨던 나의 모습은 전혀 이런 모습이 아니었다. 중학교 시절 일기장에 따르면 난 지금쯤 수영장이 딸린 집에 살면서 외제차를 몰며 일은 안 해도 되지만 그냥 취미로 회사를 하나 운영하고, 1년의 반 정도는 해외를 돌아다니면서 여행을 하는 어른이 되어 있어야 한다(아아, 얼마나 세상을 몰랐던가).

중학생의 세상 물정 모르는 철없는 꿈까지는 바라지 않더라도 적어도 물질적·정신적으로 많은 것을 가진 어른이 될 줄 알았다. 그러나 지금 내 현실은 '뜻밖의 무소유' 신세다.

### '꿈꾸던 대로 되지 않았으니 내 인생은 실패한 걸까?'

누구나 꿈꾸는 모습이 있다. 몇몇 사람은 그 모습을 이루기도 하지만 대부분의 사람은 꿈을 이루지 못하고 다른 모습으로 살아가게 된다. 그러니까 지금 우리에게 주어진 삶은 '꿩' 대신 주어진 '닭' 같은 삶인 것이다.

기대했던 것에 못 미치는 닭을 앞에 두고 우리는 고민에 빠진다. 누군가는 닭을 꿩으로 바꾸기 위해 노력하고, 누군가는 마지못해 닭을 먹는다. 또 누군가는 이게 아니라며 닭을 아예 외면해버린다.

내 삶을 고통이라고 생각한 적이 있다. 꿈꾸던 것들을 잡으려 애를 썼지만 잡히지 않고 자꾸 멀어져만 갔다. 꿈을 이루지 못하면 행복할 수 없다고 생각했다. 그래서 행복해지기 위해 더욱 노력했다. 하지만 계속 불행했다.

그랬던 내가 최근 몇 년간은 행복하다는 생각을 자주 하게 됐다. 상황이 더 나아져서가 아니라 지금의 나를 부정하며 노력하는 대신 지금의 나를 좋아해주고 인정하기로 마음먹었기 때문이다. 지금의 내 삶도 꽤 괜찮다는 것을 인정하기 시작하면서부터 나는 작은 것에도 행복을 느끼기 시작했다. 겨우 이런 거에 행복해도 되나 싶을 정도로.

더 나아지기 위해 노력하지 말라는 이야기가 아니다. 만약 노력해서 꿈꾸던 모습이 될 수 있다면 그렇게 하라고 말해주고 싶다. 단, 열심히 노력하는 중에도 삶은 이어진다.

**아직 꿈꾸던 모습이 되지 못한 삶을 보며 괴로워하진 않았으면 한다.**

기대에 못 미치는 지금의 내 모습도 꽤 괜찮다고 생각하며 살아야 한다. 꿈을 이뤄야만 행복한 삶을 살 수 있다는 건 착각이다. 꿈을 이루지 못했다고 행복하지 말라는 법은 없다. 꿈이 뭐라고. 꿈을 이룬다면 정말 좋겠지만 이루지 못해도 그만이다. '에이 아쉽다' 정도로 훌훌 털고 지금 주어진 삶에서 행복을 찾아 누리기에도 짧은 생이다. 꿈꾸던 대로 되지 못했다고 실패한 인생은 아니다. 실패한 인생이란 없다.

누군가는 루저들이나 하는 자기위로, 자기합리화라고 비난할지도 모르겠다. 현실에 안주하지 말고 계속 자신을 채찍질해야 한다고 다그치겠지. 그렇게 말한다면 할 말은 없다. 하지만 자기위로나 자기합리화가 나쁜 것일까? 자기 삶을 긍정하고 사랑하려 스스로 위로하고 합리화하는 게 잘못된 것일까? 나는 내 삶을 더 사랑할 수 있게만 해준다면 몇 천 번이라도 자기합리화를 하면서 행복하게 살 생각이다.

**내가 내 인생을 사랑하지 않으면 도대체 누가 내 인생을 사랑해준단 말인가.**

꿈꾸던 대로 되지 못했다고 인생이 끝나는 것은 아니다. 우

지금 이대로도 괜찮다고? 그건 비겁한 자기 합리화라고! 정말 꿩 대신 닭으로 만족한다는 거야?
치킨? 나 완전 좋아해!
꿩은 별로...

리는 우리에게 주어진 이 삶을 끌어안고 계속 살아가야 한다. 그러니까 이건 관점의 차이다.

'꿩 대신 닭'이라고 하면 뭔가 덜 좋은 걸 얻은 것 같지만 '꿩 대신 치킨'이라고 하면 이야기는 달라진다. 치킨은 사랑이니까. 당장이라도 맥주 캔을 따고 싶을 만큼 흥분된다. 지금 우리의 삶은 닭이 아니라 치킨이다. 행복하지 않을 이유가 없지 않은가.

# 내 삶도 드라마 같으면 좋겠다

어릴 적에 이런 상상을 했다. 지금의 아버지는 친아버지가 아니고 내 친아버지는 따로 있다고(아버지, 죄송합니다). 친아버지는 어마어마한 재벌인데, 어쩌다 아들인 나를 잃어버리게 됐고 나를 찾기 위해 여기저기 수소문해봤지만 아직 찾지 못하고 있다는 상상 말이다. 머지않아 친아버지가 나를 찾게 되면 이 지긋지긋한 가난과도 이별이야. 황당한 상상인 걸 알지만 내게도 드라마 같은 일이 일어나길 바라며 헛된 희망을 품었었다. 아무튼.

하지만 스무 살이 되도록 친아버지는 날 찾아오지 않았다.

"사람 찾기가 그리 쉽지 않은 모양이야. 우리 회장님이 아직도 나를 찾지 못하는 걸 보면…….”

상상의 친아버지는 친구들에게 던지는 실없는 농담거리로 종종 등장할 뿐이었다. 그렇게 시간이 흐르고 흘러 나는 상상의 친아버지를 잊었다. 40년 가까이 살았는데도 안 찾아오는 걸 보면 이젠 깨끗이 잊고 살아야지 싶다(웃음). 아쉽지만 내 인생에 드라마는 없었다. 내 삶은 평범하게 흘러왔다. 놀라운 반전도 없이 그냥 그렇게. 아, 시시하다.

평생 SNS라는 것을 해본 적 없는 내가 인스타그램을 시작했다. 나와 함께 인스타그램을 시작한 지인은 며칠 동안 인스타그램에 푹 빠져 이것저것 둘러보더니 한숨을 쉬며 이런 말을 했다.

“다들 잘 사는데 나만 이렇게 사네.”

내가 인스타그램을 시작하고 느끼는 마음도 그와 별반 다르지 않았다. 다른 이들의 창작물은 끝내주게 멋있고, 인생도 즐거움으로 가득 찬 것처럼 보였다. 다른 이들은 매일 맛있는 것을 먹고, 좋은 곳에 살고, 멋있고 예쁜 옷을 입고, 거기다 외모도 잘났네, 잘났어. 드라마가 따로 없다.

다들 주인공인데 나만 이렇게 엑스트라로 사나 싶어 우울했다. SNS를 하면 이런 일들이 일어날 걸 알았지만, 나는 괜찮을 줄 알았다. 그런데 아니었다. 아직 수련이 부족한 게야. 몇몇 계정을 둘러보는 것만으로 이렇게 쉽게 무너질 멘탈이라니. 이대로 무너질 순 없다. 내 삶도 꽤 괜찮아. 좋아, 나도 보란 듯이 잘 살고 있다는 걸 보여주겠어.

음식 사진을 찍어본 적 없던 내가 음식 사진을 찍는다. 그러다가 이내 우울해진다. 내가 어디서 뭘 먹었는지 찍어 올리는 게 무슨 의미가 있을까 하는 생각이 들어서다. '셀카 고자'라는 이유로 셀카를 피해왔던 내가 셀카를 연습한다. 그러다가 또 우울해진다. 아, 나는 셀카 고자가 아니라 얼굴 고자였구나. 고맙다, 좋은 걸 알려줘서. 인생은 배움으로 가득하다. 찾아봐도 내 인생은 남들이 부러워할 만한 것이 별로 없다. 그래서 올릴 사진이 없다. 아, 내 인생은 대체로 시시하다. 이런 시시한 것들을 누가 봐주기나 할까.

드라마를 잘 보지 않는 나지만 시즌 때마다 꼭 챙겨보는 드라마가 있다. 〈오구실〉이라는 웹드라마인데, 2분 남짓한 짧은 에피소드들로 내 마음을 완전히 사로잡았다. 나는 왜 이 드라마가 좋은 걸까.

이 드라마엔 재벌이 나오지 않는다. 가슴 절절한 운명적인 사랑도 없고, 주인공을 괴롭히는 악인도 없고, 출생의 비밀도 없고, 살인 사건도 없고, 도깨비도 나오지 않는다. 이 드라마에선 별일이 일어나지 않는다. 소개팅을 하거나 야근을 하거나 토마토를 기르거나 맥주를 마시는 게 고작이다. 물론 호감 있는 남자와 설레는 순간들도 있지만, 보통의 드라마에서 멋진 남자들이 죄다 여주인공을 사랑하는 것에 비하면 대체로 시시하다. 이런 이야기들로 드라마가 되나 싶지만, 그 시시함이 이 드라마의 매력이다. 내 삶과 별반 다르지 않은, 별거 아닌 이야기도 드라마가 될 수 있다니.

**왜 시시하다고만 생각하죠? 당신의 하루는 이렇게 사랑스러운데.**

'커피소년'의 차분한 내레이션으로 들여다보는 오구실의 삶은 전혀 시시하지 않다. 정말 사랑스럽다. 시시해 보이는 삶의 순간순간들을 섬세하고 따뜻하게 바라보는 그 시선이 좋다. 남들은 보지 못하고 지나치는 것들을 보아내는 그 시선이 부럽다. 나는 너무 눈에 보이는 것들만 보면서 살아온 건 아닐까. 보이지 않는 가치를 발견할 수 있는 사람이 되고 싶다. 그런 사람들이 이 드라마를 만들었다. 그래서 나는 이 드라마가 좋다.

인생을 100으로 본다면 눈에 보이는 행복한 순간들은 몇이나 될까? 즐겁고 흥분되고 설레고 성취하고……. 그런 순간들은 잘해봐야 20 정도나 될까? 나머지 80은 대체로 지루하고 반복적이고 별일 없이 시시하기 마련이다.

그렇다. 인생의 대부분은 시시하다. 어쩌면 만족스러운 삶이란 인생의 대부분을 이루는 이런 시시한 순간들을 행복하게 보내는 데 있지 않을까? 사소한 것의 가치를 발견하고 시시함을 긍정하는 〈오구실〉이란 드라마처럼. 전혀 드라마틱하지 않다고 생각했던 그녀와 나의 인생도 드라마가 될 수 있음을 깨닫는다면 지금의 내 삶도 조금은 다르게 보일 것 같다. 내 인생에도 커피소년의 내레이션이 필요하다.

**왜죠? 왜 제 목소리가 필요한 거죠? 이미 당신의 하루는 이렇게 재미있는데.**

내 인생을 드라마로 만든다면
이런 느낌이지 않을까.

아아. 이렇게 슬픈 드라마는 본 적이 없다.

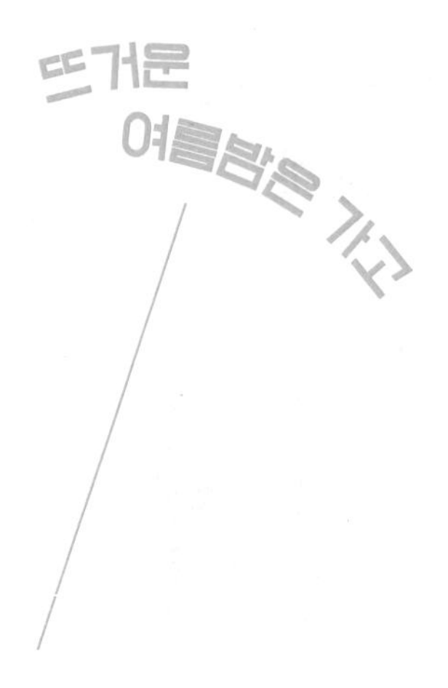


화창한 날이었다. 산책을 하고 있는데 내 앞으로 20대로 보이는 여성 한 무리가 까르르 웃으며 걸어가고 있는 게 보였다. 뭐가 그렇게도 좋은지 덩달아 기분이 좋아진다. 그런 그녀들을 지나치며 문득 이런 생각이 들었다.

'아, 싱그럽구나.'

싱그럽구나? 조금 놀랐다. 사람을 보고 싱그럽다고 생각하다니 내가 확실히 나이가 들었나 보다. 내가 그녀들과 같은 또래였다면 싱그럽다는 표현을 썼을까? 아니, 여자들을 오직 '예쁘다'와 '안 예쁘다'로 구분하던 나의 젊은 시절을 생각하면 그런 표현이 나올 리가 없다. 나이가 드니 같은 걸 보아도 다르게 느낀다.

나도 싱그러운 시절이 있었다. 그때는 나와 내 또래들이 싱그러운 줄 몰랐다. 이렇게 젊음으로부터 멀어지고 나서야 젊음이 싱그럽다는 사실이 보이기 시작한다.

사람들은 잃고 나서야 그게 좋은 것이라는 걸 깨닫는다. 나도 싱그러움을 잃어버리니 싱그러운 것들이 좋아졌다. 그래서 최근 집에 식물을 몇 개 들였다. 지금보다 더 젊을 땐 자연이나 식물에 통 관심이 없었다. 학교에서 수목원으로 소풍이라도 가면 도대체 이런 재미도 없는 곳에 왜 우리를 데려다 놓은 것인지 화부터 냈다. 뭘 보라는 거야!

그런데 지금은 수목원을 좋아한다. 상쾌한 공기며 눈이 시원해지는 듯한 신록이며 볼 게 아주 많다. 자주 못 가서 아쉬울 뿐이다. 어릴 땐 그 맛을 몰랐다. 이런 걸 보면 나이가 든다는 것도 꽤 멋진 일이다. 나이가 들어야만 누릴 수 있는 특권이랄까.

봄이 되어 나뭇가지에 연두색 새싹이 피는 걸 보면 그렇게 반가울 수가 없다. 걷다가 파릇파릇한 새싹들을 보면 나도 모르게 "안녕!" 하고 인사를 한다. 아아, 이것 역시 젊었을 땐 있을 수도 없는 일이다. 나는 푸르른 자연에서 젊음을 본다. 그

뜨거운 여름밤은 가고
남은 건 볼품없지만…

-잔나비 (feat. 흰머리)-

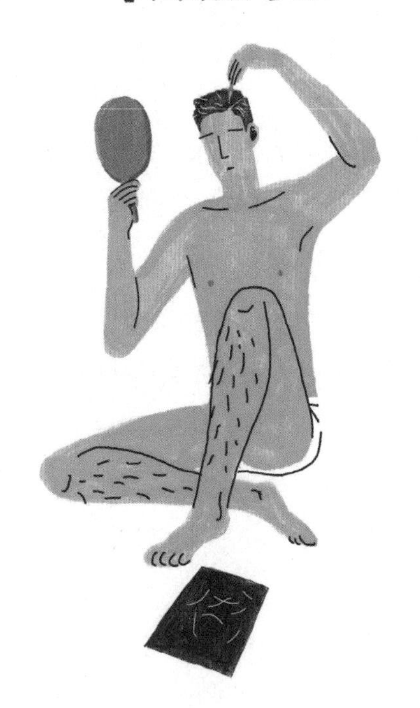

리고 젊음을 동경한다.

흔히 젊음을 보면 "좋을 때다"라고 말하는데, 요즘 내가 그 말에 진심으로 공감하고 있다. 좋을 때다. 하지만 말해주진 않을 거다. 어차피 말해줘도 모를 테니. 만약 안다고 해도 말해주고 싶지 않다. 맞다. 심술이다.

어느덧 듬성듬성 자란 흰머리나 뽑고 앉아 있는 볼품없는 중년 사내가 됐다. 다시는 푸르름을 가지진 못하리라. 나의 봄은 지나갔고 여름도 지나갔다. 나는 이제 가을의 입구에 서 있다. 아니, 이미 들어섰다. 나의 몸은 생기를 잃고 시들어가겠지. 바스락, 물기 하나 없는 마른 낙엽이 되어갈 테지. 그리고 추운 겨울을 맞이할 테고. 그렇게, 그렇게…….

딱히 억울하진 않다. 나만 늙는 것도 아니니까. 이건 자연의 섭리다. 생명이 피고 지는, 아주 자연스러운 순환이다. 거기에 대고 소리를 질러봤자 무슨 소용이 있을까.

**때때로 자연은 냉혹하다. 어떠한 불평도 통하지 않으므로.**

나는 푸르른 초록에서 유한함을 본다. 곧 시들어 사라질 초록이기에 애틋하다. 내가 지나온 계절이기에 아름답다. 젊음이 영원하다면 소중할 이유도 없다. 알고 있었지만 그것이 영원하지 않다는 것을 직접 겪는 지금에서야 뼈저리게 느낀다. 하지만 돌아갈 수도, 돌아가고 싶지도 않다.

나는 젊은 시절이 마냥 좋지만은 않았다. 솔직히 힘들었다. 젊음 그 자체는 좋지만, 다시 그 고통을 겪어야 한다고 생각하면 마음이 내키지 않는다. 젊은 날은 뜨겁다. 속에 불이 하나 들어 있는 것처럼. 에너지가 넘쳤지만 때때로 너무 뜨거워 괴로운 여름은 지랄 맞게 빛나는 계절이다.

지나고 나면 다 좋아 보인다. 그런 의미에서 젊음은 좀 미화됐다. 조금은 쓸쓸하지만 여유를 즐길 줄 아는 지금이 더 좋다.

뜨거운 여름밤은 갔다. 뜨거움에서 벗어나 기쁘다. 아니, 슬프다. 아니, 모르겠다. 내 이럴 줄 알았다. 나이가 든다는 것의 여유로움을 써볼 생각이었는데, 결국 마음만 더 복잡해졌다. 실패다.

아아, 가을인가. 가을을 타는 모양이다.

요즘 날 바라보는 주위 사람들의 시선이 심상치가 않다. 뭐랄까, 딱히 말로 표현하지는 않지만 안쓰러운 표정으로 날 바라본다든가 같이 밥을 먹거나 카페에 가서도 굳이 자기가 계산하겠다고 떼를 쓴다든가 하는데, 이거 아무래도 위로 같다. 나, 위로가 필요한 사람이 되어버린 걸까?

"열심히 살지 않겠다"라는 선언이 사람들에겐 "인생을 포기하겠다"라는 말처럼 들린 모양이다. 언제부터 열심히 살지 않으면 인생을 포기하는 것이 되어버린 걸까?

열심히 사는 것을 당연하게 여기는 세상. 그런 세상은 얼핏 좋아 보이지만, 반대로 열심히 사는 걸 강요당해도 찍소리 못하는 세상이라는 이야기가 된다.

'받은 만큼만 일한다.'

'퇴근 시간을 지킨다.'

'효율적이고 쉬운 방법을 찾아 일을 처리한다.'

하지만 이렇게 일을 했다간 온갖 비난을 받을 것이 뻔하다.

"이게 최선인가요? 제가 보기엔 열정이 부족한 것 같군요."

"당신, 이 일을 너무 쉽게 보는군. 당신 말고도 이 일을 원하는 사람은 많아."

"이렇게 요령이나 부리고 있고, 정말 한심하군요."

모두가 열심인 세상에선 어떤 변명도 통하지 않는다. 열심히 하지 않은 내가 잘못한 거다.

**나는 인생을 포기하지 않았다.**

**오히려 더 잘 살고 싶은 마음에서 열심히 살지 않기로 결심했다.**

욕심도 버리지 않았다. 지금보다 더 많은 돈을 벌고 싶고, 내 집도 있었으면 좋겠다. 하지만 그것들을 얻기 위해 무조건 열심히만 살고 싶지는 않다.

"열심히 하지 않으면서 그 많은 걸 바란다고? 간절함 없이 얻을 수 있는 건 없어!"

만약 이런 이유로 그것들을 가질 수 없는 거라면 뭐 어쩔 수 없다고 생각한다. 나는 이런 마음을 '포기'가 아니라 '초연함'이라 부르고 싶다. 원하지만 가지지 못해도 괜찮은, 가지면 좋지만 가지는 것이 삶의 목표는 아닌, 욕심이 없지는 않지만 욕심 때문에 괴롭지 않은 그런 마음이고 싶다. 열심히 살지 않는다는 건 일을 안 하거나 돈을 벌지 않겠다는 이야기가 아니다. 일단은 노는 게 좋아서 노는 것에 집중하고 있지만, 난 일하고 돈을 벌 것이다. 굶어 죽지 않으려면 그래야만 한다.

단, '열심히'의 논리 때문에 내 시간과 열정을 부당하게 착취당하고 싶지 않을 뿐이다.

일(돈) 때문에 내 인생의 많은 시간을 빼앗기고 싶지 않다. 적어도 1년에 3, 4개월은 온전히 내 시간으로 갖고 싶다. 그러면서도 생활은 유지했으면 좋겠다. 이런, 욕심이 너무 과한가?

자유로운 '내 시간'은 이미 올해 목표치를 채웠다. 자, 돈만 벌면 된다. 많은 돈을 원하는 것이 아니다. 생활만 가능한 돈이면 충분하다. 그런데 일이라는 게 내가 하고 싶을 때 딱 들어오는 게 아니라 요즘은 일이 없다. 아무래도 돈을 많이 못 벌 것 같은 예감이 든다. 이미 열심히 살지 않으면 생활이 불가능한 세상이 되어버린 것인지도 모른다. 아, 역시 열심히 살지 않는 것은 무리였나.

속단은 이르다. 자유와 돈, 둘 중 하나라도 가득 채웠으니 절반은 성공이다. 아직 1년이 안 되기도 했고(내 통장에는 1년 정도 버틸 수 있는 돈이 들어 있다). 최악의 상황이 되면 다시 열심히 살 각오도 되어 있다. 열심히 살지 않으면 생존할 수 없다는데 별수 있나? 생존은 부끄러운 게 아니다. 그런 상황이 오기 전까진 이 무모한 도전을 계속해볼 생각이다. 그때까지 위로는 사양한다. 내가 정말 망하거든 그때 위로를…….

어떻게 하면 그렇게
자유로울 수
있는 거냐?
딱 하나만
포기하면 돼.
'인생'

난 '삼포'인데
넌 하나만 포기했으니
네가 더 낫다.
어이, 왜 갑자기
위로하는 건데?
내가 불쌍한 거냐?
농담이었다고;;

# 딱 좋을 만큼의 자존감

언젠가부터 '자존감'이라는 단어가 자주 보인다. 인터넷에서도, TV에서도, 서점에서도, 자존감이란 단어가 자꾸 눈에 띄는 걸 보니 아마도 트렌드인 모양이다. 자존감이라……. 단어는 많이 들어봤는데, 정확한 뜻을 몰라서 나중에 아는 척이라도 할 요량으로 뜻을 찾아봤다.

자존감은 '자아존중감'의 줄임말로, 자기 자신을 사랑하고 존중하는 마음, 자신을 얼마나 사랑하고 만족하는지에 대한 스스로의 평가란다. 자존감이 낮을수록 열등감을 쉽게 느끼며 자괴감에 빠지기 쉽다고 한다. 이래서 자존감이 인기구나 싶다.

지금의 시대는 무한 경쟁 사회, 취업난, 흙수저, 외모지상주의, SNS로 대표되는 시대다. 타인과 자신을 끊임없이 비교하며 상처받는다. 자존감 회복이 그 어느 때보다 절실한 시대다.

그렇다면 나의 자존감은 괜찮은 걸까? 갑자기 궁금해져 쉽게 자존감의 수준을 확인할 수 있다는 마셜 로젠버그(Marshall Rosenburg) 자존감 테스트를 해봤다.

총 열 가지 문항에 점수를 매기는 테스트인데, 내 자존감 수준은 '보통'이었다. 오오, 그래도 보통은 되는구나. 안도감이 들면서도, 조금 더 높을 줄 알았는데 하는 실망이 동시에 밀려왔다. 이게 뭐라고 높은 점수를 받길 원하다니 나도 참……. 내심 내 자존감이 꽤 높다고, 아니 높았으면 좋겠다고 생각한 모양이다.

그런데 생각해보면 자존감이라는 건 객관적인 평가가 아니고 내가 나를 어떻게 생각하느냐가 중요한 포인트다. 로젠버그 박사가 나보고 "보통입니다"라고 말해도 난 '아닌데? 그거보다는 높은데?'라고 생각하는 사람이라 테스트 결과는 중요하지 않다. 즉 내 자존감 수준을 '높음'으로 올리려고 노력할 생각이 없다는 이야기다. 휴, 하마터면 노력할 뻔했다.

나는 사랑받을 가치가 있고
지금으로도 충분하며
남들의 평가에 흔들리지 않고
난 행복하다아
그냥 그 자식
욕을 하는 게
낫지 않겠어?
김과장
나쁜새끼

유튜브에서 법륜 스님의 강연 영상을 보다가 자존감에 대한 신선한 이야기를 들었다. 스님의 말에 따르면 사람들은 자신을 평가할 때 보통 좋게 평가한다고 한다. 그리고 자존감이 낮은 사람들은 좋게 평가하는 것을 넘어 자신을 과대평가한다고 한다. 응? 자존감이 낮은 사람은 자신의 존재를 낮게 평가하는 거 아니었나? 정반대로 과대평가라니, 이게 무슨 소리지? 일단 계속 들어보자.

자존감이 낮은 사람들은 자신을 과대평가하여 자신이 대단한 사람이라고 생각하는 환상을 가지고 있는데, 이 환상과 현실 사이의 괴리감이 커질수록 괴로움이 커진다는 이야기다. 자신이 만든 환상 속의 나는 대단한 사람인데, 현실의 나는 초라하고 별 볼 일 없고 인정도 못 받으니 현실의 내 모습을 점점 미워하게 되고 못마땅하여 보기 싫어진단다. 너무 보기 싫어지면 스스로 목숨을 끊는 일도 일어난다.

다람쥐는 자기가 못생겼다거나 혹은 다른 다람쥐보다 도토리를 못 모은다고 자살하진 않는다(법륜 스님은 다람쥐 비유를 엄청 좋아해서 자주 써먹는다). 동물들은 자신에 대한 환상이 없고, 있는 그대로 살아가기 때문이다. 오직 인간만이 현재 자신의 모습을 비관하여 자살을 한다. 그렇기 때문에 환상의 모습에 현재의 모습을 맞추려고 노력하는 것은 바람직하지 않다고 한다. 환상을 버리고 현재의 내 모습을 있는 그대로 인정하고 사랑해야 한단다. 난 그냥 이 정도인 사람이구나, 그런데 이것도 나쁘지 않네 하고 말이다.

사람에 따라선 공감하지 못할 이야기일 수도 있지만 나는 감탄을 하며 공감하고 공감했다. 역시 진짜로 수행하는 사람은 다르구나. 고백하자면 내가 바로 자신을 과대평가한 대표적인 사람이다. 나는 내가 대단한 사람이며 앞으로 그렇게 될 거라고 굳게 믿었다. 나는 더 의미 있고 생산적인 일을 할 사람이며 남들과 똑같이 아등바등 살 사람이 아니라고 생각했다. 심지어 나만은 왠지 늙지도 죽지도 않을 거라는 말도 안 되는 생각까지 했다.

그런데 현실은 그러지 않았다. 내가 하는 일들은 별 의미 없고 오로지 돈을 벌기 위한 것이었다. 심지어 돈도 남들처럼 많이 못 버니 불만이 쌓였다. 매일 힘들게 사는데도 환상 속 내 모습에 한걸음도 다가서지 못하는 기분이 들어 괴롭고, 조급하고, 늘 못마땅했다. 급기야 뭔가 잘못됐다며 집 안에만 틀어박혀 3년간 도(?)를 닦았으니 나는 중증 과대평가 환자가 분명했다.

3년간 '내가 정말로 하고 싶은 일은 뭘까', '내가 존재하는 이유는 뭘까', '인간은 왜 사는가' 같은 공허한 질문을 수도 없이 반복한 끝에 나는 환상을 내려놓을 수 있었다. 내가 존재하는 건 그냥 태어났기 때문이고 나만의 특별한 이유는 없었다. 나는 그리 대단한 인간이 아니고 그냥 평범하거나 조금 못난 존재라는 것을 깨달았다. 그동안 내가 가진 것에 비해 욕심을 부렸다는 걸 받아들였다.

나는 그때 내가 별 볼 일 없는 존재라는 걸 스스로 인정했기에 내 자존감이 바닥으로 떨어진 것이라 생각했는데, 실은 반대로 그때부터 자존감이 높아진 것 같다. 실제로 그 이후 나는 조금씩 긍정적인 사람이 되어갔다. 작은 일에도 감사할 줄 알고, 일이나 삶에서 큰 의미를 찾으려 하지 않았다. 살면서 처음으로 행복하다는 기분을 느꼈던 것도 그 무렵이지 싶다. 뭐지? 상황이 크게 나아진 것도 없는데 이렇게 행복해도 되는 건가? 나는 처음 느껴보는 낯선 감정에 어쩔 줄 몰라 했다.

나 자신을 대단한 사람이라고 생각했을 때가 자존감이 가장 낮았고, 나 자신이 별거 아니라고 인정하고 나서야 자존감이 지금의 '보통' 수준으로 올라온 것이니 인생은 참으로 아이러니하다.

아까는 부인했지만 생각해보면 내 자존감은 딱 보통 수준이 맞는 것 같다. 현재 내 모습에 대체로 만족하지만 완벽하게 만족하는 것은 아니니까. 내 마음속엔 현실이 좀 더 나아지기를 바라는 마음이 아직도 있다. 내가 만든 환상의 모습도 여전히 존재하지만, 예전처럼 괴리감이 큰 정도는 아니라 괜찮다. 대단한 모습의 나를 바라는 것도 아니니 이 정도 욕심은 가지고 살고 싶다. 높은 자존감이면 좋겠지만 보통 수준의 자존감만 되어도 충분히 행복하게 살 수 있다.

**나는 내 보통의 자존감에 만족한다. 고로 여전히 자존감을 높이려 노력할 생각은 없다.**

낮은 자존감이 문제가 된다면 노력해서 높여야 하지 않을까? 하지만 그런 노력이 또 다른 스트레스가 되지 않길 바란다. 그리고 자존감이 높은 사람들이 성공한다고 해서 성공을 위해 자존감을 높이려고 하는 거라면 그러지 않았으면 한다. 자존감은 그런 식으론 절대 높아지지 않을 것이다. 자존감은 있는 그대로의 나를 인정하고 사랑하는 것이니 말이다.

최근 연인과 이별한 친구가 있다. 떠나간 연인을 그리워하며 너무나도 괴로워하는 모습을 보고 있자니 마음이 무거워졌다. 사랑하는 사람을 잃는다는 건 하나의 세계를 잃는 거니까. 그 고통을 알기에 위로해주고 싶었지만 딱히 떠오르는 말이 없었다. 그래서 나는 이렇게 말했다.

"와, 그럼 이제 다른 여자를 만날 수 있는 거네? 완전 좋겠다."

그의 표정을 보니 실패다. 아무래도 나는 위로에 소질이 없는 모양이다. 이런 걸 친구라고. 한 대 얻어맞지 않은 게 다행이다. 내가 친구에게 한 이야기는 반 정도는 웃으라고 한 이야

위로가 될지 모르겠지만
빈자리는 반드시 무언가로 채워진다.

기지만 반 정도는 진심이었다.

헤어지지 않았다면 더 좋았겠지만 이왕 헤어진 거 어쩌겠나. 한편으로 생각하면 이별이 꼭 나쁜 것만은 아니다. 연애를 하거나 결혼을 하고 나서 다른 사람에게 눈이 갈 수도 있다. 그 사람은 길을 가다가 우연히 마주친 사람일 수도 있고, TV에 나오는 연예인일 수도 있다. 내 옆에 분명히 사랑하는 사람이 있지만 인간은 본능적으로 다른 사람은 어떨까 궁금해하고, 멋진 사람에게 관심을 갖고, 마음으로 내 옆의 사람과 비교하게 되어 있다. 물론 나는 그렇지 않다(웃음). 아무튼.

그런 인간의 본능적 약점에도 불구하고 우리는 지금의 관계를 깨뜨리는 바보 같은 짓을 쉽게 저지르지 않는다. 그러므로 우리는 모두 칭찬받아 마땅하다. 이런 인내의 화신들!

자, 이별하게 됐다는 건 이제 다른 사람을 마음껏 만나도 된다는 허락이다. 참지 않아도 된다. 이 얼마나 좋은가. 나도 안다. 이런 말이 별 위로가 안 된다는 걸.

흔히 얻는 것이 있으면 잃는 것이 있다고 한다. 여기 성공한 사람이 있다. 그가 마냥 부럽겠지만 그 역시 성공을 얻기 위해 무언가를 잃어야만 했을 것이다. 바쁘게 일만 하느라 건강을 잃었을 수도 있고, 사랑하는 가족들과 함께하지 못해 가족과의 추억을 잃었을 수도 있다. 무언가를 얻었다는 건 무언가를 잃었다는 것을 의미한다. 그 이야기를 뒤집으면 무언가를 잃었다는 건 무언가를 얻었다는 뜻이다. 그는 건강을 혹은 가족을 잃은 대신 성공을 얻은 셈이다.

## 무언가를 잃으면 무언가를 얻게 된다.

무언가를 얻었을 땐 얻은 것에 집중하느라 잃은 것이 무엇인지 알지 못하고, 무언가를 잃었을 땐 잃은 것에 집중하느라 얻은 것이 무엇인지 알지 못한다. 무언가를 얻었다고 느낄 땐 기쁨이 크니까 그다지 큰 문제가 되지 않는다. 문제는 무언가를 잃었다고 느낄 때다. 상실의 슬픔은 받아들이기 힘들다. 그 슬픔은 돌이킬 수 없는 선택으로 이어지기도 하니 말이다. 만약 상실로 괴로워할 때, 상실로 반드시 무언가를 얻게 된다고 생각할 수만 있다면 슬픔을 더 잘 이겨낼 수 있을까?

앞에 이야기했던 친구는 요즘 그림 그리는 것에 빠져 있다. 원래도 그림을 그렸지만, 새로운 분야에 도전하면서 그림 그리는 시간이 더 행복해졌다고 한다. 이별로 생긴 빈자리를 그림으로 채우며 새삼 열정을 발견하게 된 것이다. 무언가를 잃으면 반드시 무언가를 얻게 되는 게 맞는 모양이다.

그래도 오늘처럼 비가 오는 날이면 떠나간 그녀를 그리워하며 소주를 마시고 있을지도 모르겠다. 빈 곳이 다 채워지기까지는 시간이 필요하겠지. 나머지 빈자리에도 다른 것들이 어서 채워지기를……. 그동안은 그 자리를 그리움으로 채워 놓아도 나쁘지 않을 것 같다.

# 아무것도 안 해서 아무것도 아닌

어린 시절부터 밖에 나가 뛰어노는 것보다 공상하는 것을 더 좋아했다. 아주 어렸을 땐 스스로 만화영화 속 주인공이 되어 악당들을 물리치는 공상이 대부분이었지만, 조금 더 자란 후론 내 미래를 그려보는 공상이 그 자리를 대신했다.

앞으로 나는 어떤 삶을 살게 될지 상상하는 것은 그 자체만으로 재미난 놀이였다. 예를 들면 스무 살 무렵 영화를 매우 좋아해서 영화감독이 되고 싶었는데, 하루 종일 내가 만들 영화의 스토리를 상상하노라면 시간이 어떻게 가는 줄 모르곤 했다.

상상은 꼬리에 꼬리를 물고 계속 이어졌다. 내가 만든 영화는 흥행성과 작품성 두 마리 토끼를 모두 거머쥔 초대박 영화가 됐고, 당연히 각종 영화제에서 수상하게 되어 수상 소감을 준비해야 했다. 감동스러운 수상 소감 작성에 몇 시간을 보낸 후엔 내 영화의 주인공이었던 미녀 여배우와 어떻게 결혼하게 됐는지를 아주 디테일하고 로맨틱하게 상상했다. 참 달콤했다.

하지만 씁쓸하게도 난 영화감독이 되지 못했고 미녀 여배우와 결혼하지도 못했으며 준비해두었던 수상 소감도 쓸모가 없어지고 말았다. 내가 영화감독이 되지 못한 건 당연한 결과였다. 왜냐하면 영화감독이 되려고 어떤 노력도 하지 않았기 때문이다.

영화감독이 되는 달콤한 상상을 하는 중에도 나는 알고 있었다. 내 시나리오는 허접했고, 나에게 재능이 있는지 늘 의문이었고, 학비를 마련하기 위해 수업도 제대로 못 듣고 매일 아르바이트를 해야 하는 현실에, 수입이 불안정한 영화판에 뛰어들 용기도 열정도 없다는 걸 말이다. 꿈? 나에겐 당장 다음 달 생활비를 버는 것이 더 중요했다. 그땐 그랬다.

도전하는 젊음. 무엇이든 될 수 있는 젊음. 그런 것이 젊음이라지만 나는 상상만 하고 이런저런 핑계를 대며 도전하지

# BAWLING

않았다. 뭘 어떻게 해야 하는지 몰랐고, 현실의 무게에 눌려 도전할 엄두를 못 냈다. 영화감독 말고도 얼마나 많은 상상들이 그렇게 현실이 되지 못하고 나의 젊음과 함께 흘러가버렸는지……. '아무것도 안 해서 아무것도 아닌' 것이 됐는데 왜 마음이 이런 걸까.

**아무것도 안 해서 아무것도 아닌 거야.**
**뭣도 몰랐던 나야.**
**넋을 놓고 우린 아…….**

_노래 〈Bawling〉(Primary&오혁) 중에서

오혁이 부른 〈Bawling〉을 듣고 있으면 나는 순식간에 20대, 청춘의 한복판으로 소환된다. 다 포기한 듯 툭툭 내뱉는 오혁의 목소리, 마치 우는 것처럼 깔리는 브라스 사운드, 경쾌한 듯하지만 왠지 슬픈 드럼 비트. 우울함과 무력감이 반반 섞인 것 같은 이 노래는 나의 20대를 닮았다(신기하게도 지금 20대들의 모습과도 닮았다).

어떻게 살아야 할지 모르겠고, 미래는 어둡고, 현실은 궁핍했던 나의 20대. 꿈이니 사랑이니 하는 말들도 사치처럼 느껴질 만큼 팍팍한 나날들과 앞으로 무엇이든 될 수 있다는 가능성이 주는 중압감과 아무것도 되지 못할 것이라는 우울한 예감이 안개처럼 짙게 깔렸던 젊은 날. 방황과 불안으로 지새웠던 숱한 밤들. 술은 또 얼마나 많이 마셨는지…….

돌이켜보면 그럴 수밖에 없는 나이이기도 했지만 필요 이상으로 고민이 많았다. 내가 좀 더 용기가 있거나 무모한 사람이었다면 고민할 시간에 많은 일을 시도해볼 수 있었을 텐데……. 그랬다면 지금과는 다른 사람이 됐을까? 지금 내 모습이 싫은 건 아니지만 궁금하다. 상상 속 다른 모습의 내가…….

내가 선택하고 한 일들에 대해선 결과가 좋든 나쁘든 잘 후회하지 않는다. 하지만 하지 않은 일들은 왜 이리 후회가 되는지 모르겠다. 너무 쉽게 놓아버린 꿈들, 좋아한다는 말 한마디 전하지 못하고 바라만 봐야 했던 사랑…….

**아, 나는 좀 더 저질렀어야 했다. 망하더라도 말이다.**

인생은 후회로 가득하다. 내일이 되면 또 오늘을 후회하고 있을지 모른다. 후회해도 후회하지 않아도 인생은 굴러간다.

오늘도.

그래. 아아…… 우린 슬픈 거다.

# 아버지와 나

지금 생각해도 나의 아버지는 이상한 사람이었다. 이미 돌아가시고 없는 사람을 욕되게 하고 싶지는 않지만 아버지는 확실히 이해하기 힘든 사람이었다.

아버지는 일하러 나가는 걸 싫어했다(응? 가만, 이거 어디서 많이 듣던 얘긴데?). 국민학교도 제대로 마치지 못한 아버지. 그가 맨손으로 남쪽 끝 시골에서 기회의 땅 서울로 올라와 구할 수 있는 일이라고는 몸을 쓰는 막일, 일명 노가다뿐이었다.

노가다는 힘들고 고되지만 그 일을 하는 사람들 중에는 성실하게 일해서 가족을 부양하는 아버지들이 분명 있었다. 하지만 나의 아버지는 일하러 나가는 걸 지독하게 싫어했다. 가끔 일을 나갔고 대부분은 집에서 빈둥거렸다.

아버지는 집에 드러누워 하루 종일 TV를 봤다. 누렇게 빛이 바래고 담뱃재에 여기저기 구멍이 뚫린 러닝셔츠를 입고 잠을 자던 이불 위에 누워 미동도 하지 않은 채, 내가 등교할 때 봤던 모습 그대로 내내 TV를 봤다. 그리고 그대로 다시 잠이 들곤 했다.

가장이 일을 하지 않으니 집안 형편이 궁색했음은 당연하다. 그래도 다섯 식구가 굶을 수는 없는 노릇, 아버지 대신 어머니가 공장에 나가 일을 해서 근근이 먹고 살았다. 경제적인 문제도 문제였지만 내 생각에 더 큰 문제는 가정불화였다. 가끔 드라마에서 '가난해도 행복한 가족' 같은 이야기를 볼 때면 판타지처럼 느껴진다. 내가 아는 리얼리티는 다른 모습이었다.

부모님은 자주 언성을 높여 싸웠다. 입에 담기 힘든 욕설이 오가고, 집 안 물건이 다 부서지고 기어이 피를 본 후에야 싸움은 끝이 났다. 매일 전쟁을 치르면서도 아버지는 꿋꿋이 일하러 나가지 않았고, 어머니는 매번 얻어맞으면서도 싸움을 피하지 않았다.

아버지는 매일 술을 마셨다. 가끔 뭐가 억울한지 울부짖었고, 종종 집 안 물건을 부쉈고, 자주 부인과 자식들을 두들겨 팼다. 제법 담담한 척 글을 쓰고 있지만, 그 시절 내게 집이란 곧 '지옥'이었다. 형과 나, 그리고 여동생은 그 지옥 속에서 무럭무럭 자라났다. 죽지도, 미치지도 않고.

형과 나의 몸집이 점차 아버지보다 커져 위협이 되기 시작하자 아버지의 폭력은 줄어들긴 했지만 그는 여전히 일하러 나갈 생각이 없었다. 폭력으로 존재감을 드러내던 이전과 달리 투명인간처럼 존재감이 점점 옅어지더니 종국엔 사라져버렸다.

나의 아버지는 확실히 좋은 아버지는 아니었다. 돌려 말하지 않겠다. 아버지는 나쁜 아버지였다. 그리고 이상하게 그 시절에는 나쁜 아버지가 많았다. 내가 자란 환경이 그래서 그런지 몰라도 내 친구들의 아버지들 역시 좋은 아버지는 절대 아니었다. 그래서 엄살 부리고 싶지는 않다. 그냥 운이 없었을 뿐이다. 그래도 어린 시절을 생각하면 참담한 기분이 드는 건 어쩔 수가 없다. 아무튼.

나는 그런 아버지를 보며 항상 생각했다.

'절대로 아빠처럼 살지는 않을 거야.'

**'너는 자라 내가 되겠지…… 겨우 내가 되겠지.'**

_《비행운》, 〈서른〉 중에서

어렸을 때 나는 아버지가 게으르지 않고 부지런히 일을 하면 우리 집도 가난하지 않을 텐데 하고 생각했다. 우리 집이 가난한 건 모두 아버지의 게으름 때문이라고 생각했다. 하지만 그 생각이 참 어리석은 생각이었다는 걸 나중에야 알게 됐다. 아버지가 부지런히 노가다를 뛴다 한들 가난에서 벗어나긴 힘들었을 거란 걸 어른이 되어서야 깨달았다.

나는 가끔 아버지가 느꼈을 무력감에 대해 생각한다. 아버지도 아버지의 아버지로부터 가난을 물려받았고 어떡해서든 잘 살아보고 싶었을 것이다. 아버지가 처음부터 일하는 걸 싫어하지는 않았으리라. 힘든 막일로 여기저기 다치고, 적은 보수와 주위 사람들의 무시에 점점 지쳐갔을 나의 아버지. 배운 게 없어 다른 일을 할 기회도 방법도 몰라 좌절했을 아버지. 희망이 없는 하루하루를 버티는 자의 절망과 분노. 자기 마음을 표현하는 방법을 알지 못했던 그가 할 수 있는 거라곤 집에 틀어박혀 술을 마시고, 울부짖고, 자신이 가장 사랑해야 할 사람들을 때리는 것뿐이었다.

**나는 삶이 마음대로 되지 않는다는 걸 이제야 안다.**

아버지도 삶이 마음대로 되지 않았겠지. 힘들었겠지. 나는 어느덧 아버지의 마음을 이해할 수 있을 만큼 세상에 이리저리 치인 나이가 됐다. 내가 아버지를 이해한다고 해서 그가 갑자기 좋은 아버지가 되는 것은 아니지만…….

그토록 아버지처럼 살지 않으려 애를 썼건만 나는 돌고 돌아 이곳에 와 있다. 어쩌면 벗어날 수 없는 운명이나 굴레 같은 게 정말 있는지도 모르겠다. 갖은 이유를 붙여 지금 내 게으른 삶을 정당화하고 있지만, 결국 나는 닮고 싶지 않던 아버지와 같은 삶을 살고 있는 건 아닐까.

**"너도 나랑 똑같은 놈이야."**

아버지의 망령이 내 귓가에 속삭이는 밤. 난 제대로 가고 있는 걸까? 이렇게 살아도 되는 걸까? 아무래도 길을 잃을 것 같은 밤이다.

그렇구나. 나는 아빠를 닮고
아빠는 나를 닮았구나.

# 유목민 시대

아무래도 안 되겠다. 집에선 도무지 집중할 수가 없다. 집에서 공부나 작업을 하는 건 쉬운 일이 아니다. 따로 작업실이 있으면 좋으련만, 작업실을 가질 만큼의 경제적 여유는 안 되니 어쩔 수 없이 주로 집에서 작업을 하는데, 집중이 너무 안 될 때는 가방에 이것저것 챙겨서 집 앞 스타벅스로 간다.

불과 몇 년 전까지만 해도 카페에서 그림을 그리는 건 쉽지 않았다. 간단한 스케치는 할 수 있지만, 나처럼 디지털 작업을 하는 경우 무거운 데스크톱과 태블릿을 가지고 다닐 수 없어서 꼼짝없이 장비가 있는 곳에서만 그림을 그려야 했다.

지금은 디지털 기기의 발전으로 카페에서 그림을 그릴 수 있게 됐다. 고정된 곳에 머무르지 않고 마음에 드는 곳 어디서나 작업을 할 수 있다니 좋은 세상이다. 전기와 와이파이만 있다면 어디든 갈 수 있다. 이런 걸 두고 '디지털 노마드(Digital Nomad)'라 부른다. 디지털 기기와 인터넷의 발전으로 장소에 구애받지 않고 일을 하는 신(新) 유목민. 그런 의미에서 보면 나 역시 디지털 유목민이라 할 수 있다.

디지털 유목민은 한곳에 정착할 필요가 없다. 마음만 먹으면 파리, 뉴욕, 하와이…… 여기저기 여행하며 일하는 생활도 가능하다. 낭만적이다. 유목의 삶은 자유다.

개인적으로 셀프 인테리어 열풍을 이끌었다고 생각하는 책이 있다. 《전셋집 인테리어》라는 책이다. 이 책은 내 집이 아닌 전셋집을 꾸미는 것을 낭비라 생각했던 통념에 반해, 1년을 살아도 예쁜 공간에서 사는 삶을 추구하며 원상 복구가 가능하고 저렴한 셀프 인테리어를 소개한다. 무엇보다 재미있는 건 이 책의 영어제목이 'Nomad Interior(유목민 인테리어)'라는 것이다. 전셋집을 어떻게 번역할까 궁금했는데, 적절하면서도 씁쓸한 번역이 아닐 수 없다. 계약 기간이 끝나면 집을 옮겨야 하는 나는 디지털 유목민 이전에 그냥 유목민인

아, 지긋지긋한 유목생활

셈이다.

나는 30년을 넘게 서울에서 살다가 독립하며 인천으로 왔다. 서울의 높은 월세를 감당하기 힘들어서였는데, 벌써 4년이 다 되어간다. 그 사이 여기도 월세가 많이 올라 조금 더 아래쪽 지방으로 내려가야 하나 고민 중이다. 다행히 디지털 유목민이라 지방으로 가더라도 큰 영향은 없을 것 같다.

나는 정착하지 못하고 떠돌고 있다. 몽골인도 아닌데. 그리고 내 유목은 선택이 아니라 밀려나는 것에 가깝다. 나중엔 어디까지 밀려나게 될까? 이러다 편리하고 좋은 곳에서는 경제적으로 여유 있는 사람들만 살고, 열악한 곳에서는 가난한 사람들만 사는 세상이 되는 건 아닐까?

**디지털의 발전으로 공간에 제약이 없어진 건 축복일까, 재앙일까?**

이런, 너무 안 좋은 쪽으로만 생각한 것 같다. 다른 쪽으로 생각해보면, 한곳에 오래 산다는 건 고인 물과 같다. 집에 쓸모없는 물건들이 점점 쌓이고, 변하지 않는 환경에 권태를 느끼게 될 수도 있다. 인간은 불안하면 안정되고 싶고, 안정되면 불안하고 싫어지는 이상한 동물이다. 그래서 익숙한 것으로부터 떠나 불안한 여행을 즐기고, 여행에서 돌아와선 "여기저기 다녀봐도 집이 제일 좋다"라며 안정을 확인한다. 안정될 만하면 자리를 옮기게 되는 이 월세 유목 생활도 분명 좋은 점이 있을 것이다. 이렇게라도 위로하면 기분이 좀 나아진다.

디지털 유목민의 천국으로 인도네시아 발리가 흔히 꼽힌다. 좋은 날씨와 환경, 무엇보다 저렴한 생활비 때문에 디지털 유목민들이 모여들고 있단다. 발리라면 기꺼이 밀려나고 싶은 마음도 있다. 그러려면 영어부터 배워야겠다. 평생 한국에서 살 줄 알고 영어는 포기했는데, 이래서 영어가 중요하구나. 세계를 떠돌아야 생존 가능한 유목의 시대가 오고 있다. 짐은 가볍게, 마음은 담대하게. 이제 세계가 내 집이다. 와아, 선택의 폭이 넓어진 것 같다. 신난다, 정말.

설명할 수는 없지만 뭔가 필이 팍 꽂히는 영화가 있다. 알고 보니 그 영화가 평소 좋아하던 감독의 신작이라면 게임 끝이다. 그건 무조건 본다. 그런 영화는 개봉 날짜를 손꼽으며 기다린다. 얼마나 재미있을지 기대를 잔뜩 품고서 말이다.

개봉 날이 되면 극장으로 달려가 티켓을 끊고 두근두근한 마음으로 영화를 본다. 또 한 편의 인생 영화가 탄생하는 건가요. 인트로부터가 심상치 않다.

영화가 다 끝나고 한참을 자리에서 일어서지 못한 채 엔딩 크레디트를 멍하니 쳐다본다. 너무 좋아서가 아니라 당혹스러워서다. 딱히 흠잡을 건 없는데 흥이 오르지 않는다. 기대가 너무 컸던 탓일까. 영화가 좀 별로다.

너무 기대하면 반드시 실망하게 되어 있다. 가끔 기대 이상인 경우도 있지만, 대부분은 그랬다. 그래서 웬만하면 기대하지 않고 보려고 한다. 영화뿐만 아니라 모든 것이 그렇다. 음식을 먹을 때도, 소개팅을 할 때도, 책을 읽을 때도 기대가 크면 실망할 확률이 높다. 그걸 알기에 무언가를 추천해줄 땐 이런 말을 덧붙인다.

"너무 기대는 하지 말고."

기대가 없는 상태에서라면 같은 것을 봐도 굉장히 만족스럽다. 갑자기 낡고 낡은 그 이야기가 떠오른다. 잔에 반 정도 채워진 물을 보고 어떤 이는 '애개, 반밖에 안 남았네'라고 생각하고, 어떤 이는 '와, 반이나 채워져 있네'라고 생각한다는 이야기. 그 사람이 무엇을 기대했는지에 따라 같은 것도 다르게 보인다.

**'어떤 일이나 대상이 원하는 대로 되기를 바라고 기다림'**

기대란 그런 마음이다. 이미 원하고 바라는 것이 있으니 기대를 한다는 건 기준이 생긴다는 것과도 같다. 자신이 설정한 기준에 미치느냐, 못 미치느냐에 따라 '기대 이상'과 '기대 이하'가 판가름 난다. 반대로 기대가 없다는 것은 설정해놓은 기준이 없다는 것이다. 기대가 없다는 것은 바라는 게 없다는 것. 바라는 게 없으니 마음이 너그러워진다. 조금만 좋아도 크게 만족한다.

기대하지 않으면 좋은 일이 생길 확률이 높다. 실제로 좋은 일이 생기는 건 아니지만, 기대가 없기에 작은 것에도 즐거워하고 만족한다. 같은 상황도 다르게 느끼게 되는 것이다. 만약 인생도 기대 없이 살아갈 수만 있다면, 좋은 일들로 가득하지 않을까? 뜻밖의 즐거움과 행운이 가득한 선물처럼 느껴질지도 모른다. 하지만 그러기가 쉽지 않다. 무려 내 인생이니까.

나는 참 기대가 컸던 모양이다. 도대체 얼마나 대단한 인생을 바랐길래 이처럼 만족하지 못하는 걸까? 생각해보니 좀 과하다 싶을 정도로 바라긴 했다. 기대가 크니 기준이 높고, 그러다 보니 내 인생 전체가 기대에 못 미쳐서 미쳐버릴 것 같은 기분으로 살았다. 반이나 채워진 인생을 반밖에 없는 인생으로 여기며 불만족 속에서 살아온 것이다.

나는 욕심을 버리라는 말을 싫어했다. 욕심을 버려야 현재에 만족할 수 있다는 이야기를 들을 때마다 굉장히 불쾌했다.

그랬구나, 네 인생도 그렇게 봐줘.

그 이야기는 자신의 처지를 그냥 받아들이라는 것과 같은 이야기 아닌가. 노예로 태어났으면 그냥 노예에 만족하라는 말처럼 들려 괜히 분개하곤 했다. 뭔가 운명론적이야. 나는 그렇게 무력하게 살지 않겠어. 현실은 내가 만들어가는 거지 정해진 게 아니야. 항상 이상을 높게 잡고 거기에 이르도록 노력하는 게 올바른 태도라 생각했다. 싸우자, 운명아!

운명은 정해져 있지 않다. 꿈을 꾸고, 더 나아지길 바라는 것은 여전히 좋은 태도다. 그 생각에는 변함이 없다. 하지만 이제는 욕심을 버리라는 말의 뜻을 조금은 알 것 같다.

세네카는 이렇게 말했다. "인생이란 순응하면 등에 업혀가고 반항하면 질질 끌려간다"고. 뭐야, 그러니까 인생이란 어찌할 수 없으니까 그냥 받아들이란 이야기야? 그렇게 생각할 수도 있다. 나도 처음엔 그렇게 읽었으니까. 그러나 이건 태도의 문제가 아닐까? 운명을 그저 받아들이라는 말이 아니라 인생을 어떤 태도로 살아갈 것인가 하는 문제 말이다. 똑같은 길을 가도 누군가는 편안하게 가고 누군가는 끌려간다. 즉 같은 인생도 대하는 태도에 따라 다르게 느껴질 거라는 가르침이다.

'업혀간다'와 '끌려간다'의 차이는 '반밖에'와 '반이나'의 차이처럼 현상에 있는 것이 아니라 마음에 달려 있다. 내가 얼마만큼의 기대를 가지고 있느냐에 달려 있다. 기대가 크면 클수록 인생은 '이거밖에 안 되는 인생', 내가 원한 것과는 다르게 '끌려가는 인생'이 되는 것이다.

욕심을 버리라는 이야기는 꿈을 꾸지 말라는 이야기가 아니라, 꿈을 꾸고 이루려고 하되 큰 기대를 하지 말라는 이야기가 아닐까? 반드시 이뤄야 한다고 초조하게 생각하는 것이 아니라 큰 기대하지 말고 가벼운 마음으로 꿈을 향해 노력하는 삶 말이다.

기대 없이 인생을 산다는 건 어쩌면 불가능할지도 모른다. 더 나은 삶을 바라는 것부터가 기대한다는 이야기니까. 그렇다면 이렇게 말해주자.

**너무 기대는 하지 말고.**

마음에 욕심이 일어날 때마다 이 말을 주문처럼 외워볼 생각이다. 그래, 너무 기대는 하지 말자. '이 정도는 돼야 한다'는 기준을 만들지 말자. 어떤 기준 없이, 특별히 바라는 것 없이, 즐겁게 살아봐야지. 그러다 보면 이런 생각이 들지 않을까?

어? 의외로 괜찮네, 내 인생!

퇴사하고 "열심히 살지 않겠다"고 선언한 지도 벌써 1년이 다 되어간다. 그동안 나는 정말로 열심히 살지 않았다. 이렇게 살아도 되나 싶을 정도로 마음 내키는 대로 살았고, 마음 내키는 일만 했다. 그러다 보니 당연히 돈은 못 벌었다.

이상하게 들리겠지만 일부러 돈을 벌지 않으려고 노력했다. 진짜다. 못 번 게 아니라, 안 번 거라니까. 뭐랄까, 그냥 일하기 싫었다. 예전 같으면 무리해서 했을 일도 이런저런 핑계로 거절했다. 좀 한심해 보이려나? 알고 있다. 다 큰 어른이 일하기 싫다며 돈도 안 벌고 놀고 있으니 그런 생각을 해도 할 말은 없다. 그래도 한 번쯤은 이렇게 살아보고 싶었다.

나는 돈 때문에 내가 자유롭지 못하다고 생각해왔다. 돈 때문에 회사를 다니고, 돈 때문에 그림을 그리고, 돈 때문에 하기 싫은 일을 했으니 내 모든 의무는 그놈의 돈 때문이었다. 그리고 이 문제를 해결할 방법은 언제나 '더 많은 돈'이라고 생각했다. 더 많은 돈을 벌면 자유로워질 거야. 충분한 돈을 모으기 전엔 자유롭게 살 수 없어.

나는 돈에 얽매여 있었다. 그렇게 평생을 돈을 좇으며 살았는데 그럴수록 돈이 도망가는 기분이었다. 내가 돈 버는 능력이 좀 모자란 탓도 있겠지만 신기하게 돈은 벌어도 벌어도 부족했다.

200만 원 벌던 사람이 500만 원을 번다고 돈 문제가 해결되지 않는다. 연봉이 1억을 넘어도 돈이 부족하다고 말하는 사람을 여럿 봤다. 나라고 다를까? 그러다 문득 깨달았다. 이런 식으론 아마 영원히 자유로울 수 없다는 걸.

**돈 때문에 자유를 계속 미루기만 하다간 한 번도 자유롭지 못한 채 늙어 죽게 생겼다는 위기감이 덮쳐왔다. 이봐, 인생은 한 번뿐이라고!**

지금 나는 자유롭게 살고 있다. 하지만 이 자유가 영원하지 않다는 것 또한 잘 알고 있다. 애초에 이 자유는 유통기한이 정해진 자유다. 통장 잔액이라는 유통기한 말이다. 통장 잔액은 생각보다 빨리 줄어들고 있다. 잔액이 바닥나면 내 자유도 끝이 난다. 아아, 결국 또 돈인가.

너무 실망할 필요는 없다. 나는 이 유통기한을 늘릴 방법을 알고 있다. 돈을 벌면 된다. 내게 불로소득은 없을 테니 별수 있나? 노동과 시간을 팔아 돈을 좀 벌어야겠다. 가끔은 싫은 그림도 그리고, 무리한 일정을 소화하기도 하고, 짜증을 참아가며 돈을 벌면 유통기한을 늘릴 수 있다. 지금의 자유를 누리기 위해 이 정도는 할 수 있지 않을까? 매일 출근하라는 것도 아닌데 이 정도도 못하면 나에게 한마디 해주고 싶다.

"그냥 나가 죽어라."

다시 돈을 벌어야 한다. 결국은 돈으로부터 완전히 자유로울 수는 없는 모양이다. 하지만 전과 큰 차이가 생겼다. 전에는 미래를 위해 인내하며 돈을 벌었다. 내게 돈을 번다는 건 곧 무언가를 참고 버티는 것이었다. 그러나 지금은 현재의 자유로움과 기쁨을 유지하기 위해 돈을 번다. 참는 것이 아닌 기쁨을 좀 더 맛보기 위한 능동적인 행동이다. 많이 벌 필요도 없다. 지금의 생활을 유지할 정도만 벌면 된다. 검소하게 살면 더 게으르게 살 수 있다.

돈을 버는 행위는 같지만 그 행위에 임하는 내 마음이 달라졌다. 나는 미래를 위해 돈을 버는 것이 아니다. 현재의 자유를 위해 돈을 번다.

**나는 여전히 돈을 벌어야 하지만 이미 자유롭다.**

그렇게 하루하루 이 자유의 기한을 늘려가며 죽을 때까지 자유롭게 사는 것이 목표다.

그거 아니? 슬픈 예감은 틀린 적이 없단다.

# 과정도 인생이니까

가죽공예를 몇 개월 배운 적이 있다. 처음에는 가죽으로 무언가를 만드는 과정이 신기해서 마냥 재미있었는데 시간이 지나 과정이 익숙해지자 귀찮은 점이 한둘이 아니었다.

'아, 본드 칠 너무 싫다. 이거 봐, 손에 막 묻잖아.'

'기리메(단면 마감재) 바르는 거 너무 귀찮아.'

'이거 미싱으로 박으면 1분도 안 걸릴 텐데 지금 몇 시간째 손바느질이냐.'

'이 시간, 이 돈을 들여서 이걸 만드느니 차라리 사는 게 낫겠어. 사는 게 훨씬 경제적이야.'

귀찮은 과정들을 뿅 건너뛰고 짠 하고 바로 결과물이 나오면 좋으련만, 그런 일은 일어나지 않았다. 그렇게 점점 흥미를 잃어가다 가죽공예를 그만두었다.

얼마 전 친구와 가죽공예 이야기를 하다가 내가 느낀 불만들(귀찮은 과정)을 이야기했더니 이런 대답이 돌아왔다.

"무슨 바보 같은 소리야? 그게 진짜 재미있는 건데."

그의 말은 이랬다. 돈을 주고 사면 간편하지만, 직접 만드는 이유는 결과물뿐 아니라 과정을 즐기려고 하는 거라고. 귀찮을 수도 있는 과정에 집중하며 잡생각 없이 온전히 몰입하는 시간, 답답할 정도로 느리지만 결국은 끝을 맺는 희열이 진정한 재미라는 말이었다. 결과물을 만들어내는 것만이 목적이 아니라 과정 자체가 목적이라는 이야기를 듣고 나는 무언가로 머리를 맞은 것 같았다. 이렇게 가까운 데서 현자를 만날 줄이야.

그랬다. 나는 과정을 즐기지 못했다. 나도 몰입하는 시간을 참 좋아하는데, 내 손으로 무언가를 만드는 걸 참 좋아하는데 왜 그런 걸 하나도 즐기지 못했을까? 솔직히 나는 과정보다는 결과에만 관심이 있었다. 얼마나 빨리, 편하게, 싸게 원하는 결과물을 만드느냐와 같은 경제적 관점으로만 바라봤으니 당연히 과정이 재미있을 리 없었다. 아아, 이건 단순히

초밥은 날로 먹어도 맛있는데

가죽공예만의 문제가 아니었다. 나는 인생도 그렇게 살지 않았던가.

나는 항상 다른 이들의 결과물을 부러워했다.

'이렇게나 멋진 그림을 그리다니.'

'어떻게 이런 완벽한 소설을 쓸 수가 있지?'

'저 사람이 가진 명성이 부러워.'

나도 저렇게 돼야지. 나도 저 정도는 할 수 있어. 그렇게 동경하는 사람들을 흉내 내 여러 시도를 해봤지만 오래가지 못했다. 당연했다. 그들이 몇 년, 길게는 몇십 년 걸려 만들어낸 결과를 바로 얻으려 했으니 잘될 리가 없었다. 마음은 항상 조급했고, 빨리 결과가 나오지 않으니 '난 재능이 없나 봐'라는 생각으로 쉽게 포기하기 일쑤였다.

무언가를 하면서 결과를 전혀 기대하지 않는다는 것은 어쩌면 불가능할지도 모른다. 그러나 나는 결과에만 관심이 있었고, 과정은 그 결과를 얻기 위해 견뎌야 하는 인내의 시간 정도로 생각했다. 과정 그 자체로도 충분히 재미있을 수 있다는 사실을 망각한 채 말이다. 그러니 쉽게 지칠 수밖에. 재미없는 걸 계속할 수 있는 사람은 드물다. 내가 부러워했던 사람들은 과정 자체를 즐기는 사람들이 아니었을까?

나는 항상 과정은 건너뛰고 결과를 바로 얻고 싶었지만, 그런 일은 일어나지 않았다. 과정 없인 결과도 없다. 그리고 결과만을 바라보고 달려가면 과정이 괴롭고 힘들다. 꼭 좋은 결과가 온다는 보장도 없고.

똑같은 일을 해도 어떤 사람은 힘들다고 생각하고, 어떤 사람은 재미있다고 생각한다. 취향이나 성격의 차이일 수도 있지만, 그 사람이 그 일을 대하는 태도 때문일 수도 있다는 생각이 든다.

"열심히 하겠습니다."

우리는 이 말을 입에 달고 산다. 그런데 이 '열심히'라는 말에는 싫은 걸 참고 해낸다는 뜻이 내포되어 있다. 즐겁지가 않다.

**그래서 열심히 살면 힘들다. 그건 견디는 삶이니까.**

같은 일도 이왕이면 '열심히'보다는 '재밌게'가 낫지 않을까? 생각을 바꾸는 것만으로도 삶이 달라질 거라고 말하면 너무 설득력이 떨어지려나?

흔하고 오글거려서 별로 좋아하지 않는 말이 있는데, 결국 내가 이렇게 쓰게 될 줄은 몰랐다. "천재는 노력하는 자를 이길 수 없고, 노력하는 자는 즐기는 자를 이길 수 없다."

이 명언은 다 좋은데 이게 문제다. 꼭 누굴 이기고 싶어서 즐기는 건 아니다. 그냥 재미있게 살고 싶은 거다. 누굴 이기는 게 목적이 되는 순간 절대로 즐길 수 없을걸? 아무튼.

이제 열심히 사는 인생은 끝이다. 견디는 삶은 충분히 살았다. 지금부터의 삶은 결과를 위해 견디는 삶이어서는 안 된다. 과정 자체가 즐거움이다. 그래서 인생이 재미있다. 앞으로는 그렇게 생각하기로 했다. 뿅 하고 건너뛰고 싶은 시간이 아닌 즐거운 시간을 보내야지.

어느덧 잊고 있던 재미가 살아난다. 이게 이렇게 재미있는 거였나? 빨리 완성하고 싶은 조급함은 사라지고, 귀찮기만 했던 바느질이 좀 더 길게 계속되길 바라는 지금의 나. 아직 아무것도 완성한 것은 없지만, 이것만은 분명하다. 나는 지금 제대로 즐기고 있다.

**휴, 하마터면 열심히 살 뻔했다.**

# 개정판 기념 Q&A

**2018년, 열심히 살지 않기로 하고 책을 냈는데 베스트셀러가 됐다. 책에서 말한 대로, 과정을 즐겼기 때문에 좋은 결과가 나온 것일까?**

그럴 리가 없지 않나. 노력했다고 결과가 반드시 좋게 나오는 게 아니듯, 과정을 즐겼다고 결과가 좋게 나오는 건 아니다. 과정을 즐겨도 결과는 안 좋을 수 있고, 정말 괴로웠는데 결과는 좋을 수 있다. 사실 나도 왜 베스트셀러가 됐는지 모른다. 다만 이런 종류의 성공은 운이 따라줘야 가능하다는 건 안다. 그런 의미에서 나는 운이 좋았다. 이 책을 쓸 때 이게 베스트셀러가 되리라곤 생각지도 못했고 기대도 하지 않았다. 어쩌면 그래서 즐거운 마음으로 할 수 있지 않았나 싶다. 어떤 결과를 바라고 하는 일은 마냥 즐거울 수는 없으니까 말이다.

이 책을 쓸 때 정말 신나게 썼다. 그때의 경험이 너무 좋아서 앞으로도 결과를 바라지 않고 나의 일을 재미있게 해나가고 싶다고 생각은 하는데, 사람 욕심이 생각대로 되는 게 아니더라. 자꾸 바라고 기대하게 된다. 성공의 맛을 본 후라 더 그런 것 같다. 그래서 요즘은 글 쓰는 게 마냥 즐겁지는 않은데, 아마 다시 《하마터면 열심히 살 뻔했다》를 썼을 때의 마음으로 쓴다는 건 불가능할지도 모르겠다. 그때의 나는 어떻게 그럴 수 있었을까? 여러 가지 의미에서 이 책은 내게 다시 없을 행운이 분명하다.

**출간 이후 독자들의 반응을 좀 살펴봤나? 책 리뷰 중에서 기억에 오래 남는 것이 있다면?**

지금은 리뷰를 굳이 찾아보진 않지만 초기엔 반응이 궁금해서 리뷰를 찾아봤다. 감사하게도 긍정적으로 봐주는 것 같더라. 특별히 기억에 남는 리뷰는 없지만 유독 '작가가 내 생각을 적어놓은 것 같다'는 리뷰를 많이 봤다. 아, 많은 사람이 나와 비슷한 생각을 하고 사는구나 했다. 누구나 느끼고 생각만 하던 걸 내가 툭 꺼내놓은 게 아닐까.

**맞다. 저자가 나와 같은 처지에서 같은 고민을 한다는 점에서 남 얘기 같지 않고 친밀함이 느껴졌다. 그런데 책이 잘 팔리고 베스트셀러 작가가 되는 바람에(?) 거리감을 느끼는 독자들도 있을 것 같다.**

그건 대단한 착각이다. 원래도 우리는 전혀 가깝지 않았다(웃음). 멀리서 보기엔 내가 거물이 된 것처럼 보일 수도 있겠지만, 실상은 전혀 그렇지 않다.《하마터면 열심히 살 뻔했다》이후 내심 큰 기대를 하며 새로운 책을 냈는데, 그 책은 아무런 주목을 받지 못하고 조용하게 지나갔다. 현재 내 영향력이 딱 그 정도다. 아직 대단한 작가는 되지 못한 걸로. '원 히트 원더'라는 말이 있다. 딱 한 곡만 히트하고 이후 별다른 주목을 받지 못하다가 잊힌 가수를 뜻한다. 나는 내가 원 히트 원더가 되지 않을까 걱정이다. 나는 계속하고 싶어도 대중의 선택을 받지 못하면 계속할 수 없는 게 이쪽 일이다. 내 본업인 그림 그리는 일도 마찬가지여서 내가 언제까지 일을 할 수 있을지 의문이다. 요즘은 AI가 글도 쓰고 그림도 그리니 나 같은 사람은 뭘 하며 먹고살아야 할지 걱정이 된다.

**베스트셀러가 된 후 경제적 자유가 생기지 않았나? 먹고사는 걱정을 하는 줄 몰랐다.**

나 역시 책이 베스트셀러가 되면 평생 먹고살 수 있는 줄 알았는데, 웬만큼 많이 팔리지 않고서는 어림도 없다는 걸 알았다. 밀리언셀러 정도 되면 얘기가 좀 다를 수도 있을 것 같은데 안 돼 봐서 잘 모르겠다. 그래도 이 책으로 적지 않은 돈이 들어온 건 사실이다. 그 덕분에 1년 한정의 실험이 6년으로 늘어났다. 지난 6년간 돈 걱정은 크게 하지 않았으니 일시적으로는 경제적 자유를 누렸다고 볼 수 있다. 아아, 참 좋은 시절이었다. 그러나 좋은 시절도 다 갔다. 6년간 놀고먹었더니 그 돈이 어디로 갔는지 거의 다 사라져버렸다. 아무래도 이제 그만 놀아야 할 것 같다.

### 그럼 이제 다시 열심히 사는 건가?

그만 논다고 했지 열심히 산다고 하진 않았다(웃음). 가능한 한 열심히 살지 않을 생각이다. 흔히 '열심히 살지 않는다'고 하면 아무 일도 하지 않고 무책임하게 인생을 낭비하는 걸 떠올리는 것 같다. 이런 극단적인 사람들 같으니. 내가 말하는 '열심히 살지 않는다'는 무책임한 삶이 아니라 무리하지 않는 삶, 여유가 있는 삶이다. 치열하게 살지 않아도 내 삶을 책임지며 잘 살 수 있다고 믿는다. 지난 6년간 놀고먹었다고 표현했지만 놀기만 한 건 아니다. 아까 말했듯 새로운 책도 한 권 냈고 본업인 일러스트 일도 드문드문했다. 지금은 그때보단 일을 더 늘리려고 하는 중이지만 그렇다고 무리할 생각은 없다. 그러니까 적당히 일하고 적당히 여유 있는 삶이면 좋겠다. 물론 그 '적당히'가 참 어렵지만 말이다.

**본업은 일러스트레이터인데 글을 재미있게 잘 써서 놀랐다. 원래부터 글쓰기에 재능이 있었나?**

글쎄, 예나 지금이나 글쓰기에 대단한 재능이 있다는 생각은 안 해봤다. 백수 시절 소설가가 되어 볼까 해서 단편 소설을 몇 편 썼었다. 꽤 진지하게 몇 년을 매달렸는데, 글이 형편없었다. 내게 재능이 없다는 결론을 내고 깨끗이 포기한 후 10년 넘게 글쓰기를 안 했다. 이번 생에 글 작가가 될 일은 없을 거라 생각했는데 세월이 흘러 출간 작가가 되다니 나도 신기하다. 모든 건 때가 있는 게 아닐까 생각이 든다. 내겐 뭔가 무르익을 시간이 필요했던 것 같다. 그렇게 생각하니 백수 시절의 글쓰기도 이 책을 쓰기 위한 준비가 아니었을까 싶다. 확실히 그때의 글쓰기 연습이 여러 가지로 도움이 됐다.

**책 성공이 인생에 끼친 영향 중 가장 큰 것은?**

아무래도 나 자신을 조금 더 믿게 됐다는 거 아닐까. 누구나 그럴 테지만 스스로에 대한 의심 같은 게 있었다. '정말 이렇게 살아도 괜찮나? 이러다 나만 뒤처지는 게 아닐까?' 하는 의심 말이다. 책의 성공을 통해 나만의 속도와 방식으로 살아가도 괜찮다는 대답을 들은 느낌이다. 독자들은 이 책을 통해 위로받았다고 말하지만, 내가 오히려 '너 잘 살고 있어'라는 세상의 위로와 응원을 받은 느낌이다. 감사함을 잊지 않고 앞으로도 잘 살아볼 생각이다.

### '열심=노력=괴로움'이라고 생각하는지?

'열심'이란 단어를 찾아보면 '어떤 일에 온 정성을 다하여 골똘하게 힘씀'이라고 나온다. '노력'은 '목적을 이루기 위하여 몸과 마음을 다하여 애를 씀'이다. 온 정성과 몸과 마음을 다하는데 안 힘들겠나? 열심과 노력은 기본적으로 힘들고 고통이 따르는 일이다. 좋아서 하는 일이라고 해도 힘들지 않은 건 아니다. 그럼 괴로우니까 하지 말아야 하는 거냐고 묻는다면, 내가 하지 말라면 안 할 거냐고 반문하고 싶다(웃음). 열심히 사는 건 좋은 태도라고 생각한다. 하지만 몸과 마음은 한계가 있다. 매일매일 온 정성을 다해 살면 죽는다. 내 전제는 우리나라 사람들이 너무 열심히 산다는 거고 그로 인해 삶의 균형을 잃는다는 거다. 그러니까 우리는 어떡하면 '더' 노력할까가 아니라 어떡하면 '덜' 노력할까를 고민해야 하는 민족이라는 얘기다. 그냥 두면 우리는 열심히 살게 되어 있다. 내가 싫어도 전체적인 분위기가 그러니 휩쓸리기 십상이다. 역설적으로 긴장의 끈을 놓지 않아야 열심히 안 살 수 있다.

**마지막으로, 20대로 돌아간다면 혹시 다른 선택을 할까? 예를 들면 4수까지는 하지 않겠다든가. 20대의 나에게 해주고 싶은 말이 있다면?**

기본적으로 과거로 돌아가고 싶지 않다. 내가 얼마나 힘들게 여기까지 왔는데 그걸 다시 겪으라고? 정말 내키지 않는다. 후회되는 선택을 바꾸는 것에도 부정적이다. 과거로 가서 다른 선택을 하면 그때부터는 내가 모르는 인생이 펼쳐질 것 아닌가. 더 좋을 수도 있지만 더 나쁜 인생이 될 수도 있을 테니 그것 또한 후회되는 선택이 될 거다. 그러니 내 선택은 별 의미가 없다. '이번 생과 다르게 부잣집에 태어나게 해줄게'가 아니라면 나를 과거로 보내지 않았으면 좋겠다. 20대의 나에게 해줄 말도 없다. 겪어야 할 일은 겪어야 하는 거고, 그래야 지금의 내가 된다.

나는 지금의 나와는 다른 내가 되길 원치 않는다. 설령 다른 내가 되길 바란다 해도 말 한마디로 그렇게 만들 수 있으리라 생각하지 않는다. 예를 들면 덜 먹고 운동하면 살이 빠진다는 정답을 알지만 우리가 살을 못 빼는 것과 비슷하다.

인생엔 답이 없지만 답이 있다고 해도 그대로 살기란 무척 힘든 거다. 나는 그 사실을 늘 기억하려고 하는 편이다. 안 그래도 힘든데 나까지 자책하며 나를 힘들게 만들고 싶지 않다고 할까. 내가 어쩔 수 없었던 건 흘려버리고 내가 할 수 있고 바꿀 수 있는 것에만 힘을 쓰며 살고 싶다.

하마터면 열심히 살 뻔했다
나만의 속도로 살아갈 결심



1판 1쇄 발행 2024년 5월 22일
1판 2쇄 발행 2024년 6월 7일

지은이 하완
발행인 박현진
본부장 김태형
기획편집 남연정
기획팀 이지향 고혜원 이은 정선재 한미리
마케팅 정진아 김수현 송지민 이유림
디자인 데일리루틴
제작 세걸음

펴낸곳 (주)밀리의서재
출판등록 2017년 1월 5일 (제2017-000008호)
주소 서울특별시 마포구 양화로45, 20층(서교동 메세나폴리스 세아타워)
메일 publishing@millie.town
홈페이지 http://www.millie.co.kr

ISBN 979-11-6908-395-9 (03810)